U0501585

王少勇 著

珠穆朗玛日记

长江出版传媒
长江文艺出版社

代序　珠穆朗玛

王少勇

珠穆朗玛为藏语音译，意为大地之母。

最后一朵云，也返回夜幕安睡

我站在你面前

如初次相识一般

大地将我们高高举起

在我们头顶闪烁

这宇宙的万家灯火

我对你说起平原

牵牛花又爬上屋顶，牵着

金牛座的一角

外婆房前的水塘里，鱼儿

已不知影踪，黄昏时

总有些柔软的脚印

想要钻出泥土

我对你说起大海

曾伴你游泳的，那些小水母

依然诞生于盐和月光

远古的记忆在海底

被镀上一层幽蓝

海浪因为想起你

汹涌成山峰的模样

我还能对你说些什么

冰川留在岩石上的擦痕

仿佛只是用来度量

你我今生的相遇

年或光年的悬崖上

一只年轻的雪豹，嘶吼出

风声

你听，河水又开始流淌了

源自你种下的那片冰林

而我不再叫它眼泪

在从晶莹流回晶莹的旅途中

一颗颗小小的爱

一次又一次，倔强地

飞溅而起

2020.5.27

雪峰之心

今年春夏之交，我作为2020珠峰高程测量前方报道组成员，和测量登山队员们在珠峰脚下共度了一段铭心刻骨的时光。

每念及2020珠峰高程测量，我脑海中就会同时响起很多声音，出现很多画面和文字——"本台记者前方报道""本报讯""我正站在珠峰大本营，在我的身后……"，这是一种记忆方式。历史课本里也将写下类似这样的文字："2020年5月27日，中国测量登山队成功登顶珠穆朗玛峰测量……在中尼两国建交65周年、人类首次从北坡登顶珠峰60周年、中国首次精准测量珠峰高程并向世界公布45周年之际，这次测量有重要的历史意义。"这是另一种记忆方式。

而我有幸亲历它。我和兄弟们一起面对过缺氧、狂风、严寒、落石，面对过使命、压力、悲伤、孤独，我们的肉体和灵魂都作出了回应。我想用一种更加"自我"的方式去记忆，带着自己的体温和呼吸。于是有了这些日记。

翻开它，你可以了解测量珠穆朗玛峰的全过程和采用的各种手段；透过真实发生的一个个故事，你可以看到英雄们柔软而多情的一面，感受生命禁区的至情至性；你还可以领略珠峰多变的气候和壮美的自然风光，一条银河、一座冰塔、一只可爱的高原精灵，会随时跃至你眼前。

当然，日记中还有我这个记录者心灵的照影。我对生命的感受方式，不知不觉地因珠穆朗玛发生了变化。如今已是北京的深秋，云有时从穹顶游过，有时堆积在天边。我有时低头赶路，有时蓦然抬头。若看到山一般的积云耸立在楼宇之上，我就会驻立，默默地向珠穆朗玛问好。同样的，若没有沿绒布冰川旁的乱石路攀登过，我就不会在走上公园的小山时，把松树想象成冰塔。若没有看过珠穆朗玛的星空，我也不会把飘浮在舞曲上空那闪着彩灯的风筝，错认成一个又一个星座。

写作是再造的过程，哪怕记录刚刚发生的事情。而记忆结晶的过程同样如此，我们总是有选择地忘记。在我看来，两者都和钻石的形成相似。通过地球内部的运动，地表的物质被带到深处，在高温高压的作用下重新组合，再随岩浆回到地表。写作和记忆，那个深处，就是我们的内心。

在一些文学和影视作品里，个头较大的钻石也常被叫做"之心"。这本薄薄的日记，我愿叫它"雪峰之心"。不是自诩它像钻石一样璀璨，而是因为它来自我的深处。

若你能透过某个棱角，看到它蕴藏的一丝光芒，我就会感到荣幸。

2020 年秋

北京外馆斜街

目　录

3月17日　拉萨　晴

终于到了出发的这天。我们第一批 11 名记者从北京启程，经停成都，飞往拉萨。

2019 年 10 月 12 日至 13 日，习近平主席访问尼泊尔期间，两国发布了《中华人民共和国和尼泊尔联合声明》，其中提出：考虑到珠穆朗玛峰是中尼两国友谊的永恒象征，双方愿推进气候变化、生态环境保护等方面合作。双方将共同宣布珠峰高程并开展科研合作。

为落实两国的《联合声明》，自然资源部会同外交部、国家体育总局和西藏自治区政府组织了 2020 珠峰高程测量。

目前，国测一大队已经在珠峰周边地区开展水准、重力等基础测量。测量登山队明天将结束在北京怀柔基地的训练，前往西藏羊八井训练基地适应高原环境，计划于 5 月的窗口期登顶。

中国自然资源报社派出 3 名记者，除了我，还有高悦和隋毅。他俩是原中国海洋报社的记者，高悦去过南北极和马里亚纳海沟，这次将是他的"第四极"之行。隋毅是记者队中唯一的女队员。

第一批记者队中还有自然资源部宣教中心的杨帆，我的老朋友。新华社 2 名年轻记者和中央新影纪录片摄制组 6 人，我暂时还不认识，但之后两个月的相处，会让我们彼此熟悉。在登机口集合时，每人都拖着几件大大的行李，里面装满了个人物品和设备。

成都往拉萨的飞机上坐满了人，都戴着口罩。但当乘务员分发点心后，几乎所有人都同时摘下口罩吃了起来。好在国内的疫情基本控制住了，这种聚集不再那么令人担心。可管控依然严格，在首都机场登机前，每名乘客都要用手机扫码填写健康申明，包括个人最近的旅行经历、接触史、健康状况，还包括目的地，详细到街道。要想走出拉萨贡嘎机场，还必须手持一张纸质的健康申明表，内容和在北京填的电子版大体相同。

我们一行人被西藏自然资源厅办公室的胡志华接走，他另一个身份是中国自然资源报社驻拉萨记者站站长。我们见了面，都笑得很灿烂。

　　"王记者，一年没见啦。"

　　"是啊，去年我3月25日到拉萨，也是你来接我。"

　　胡站长领我们到一辆中巴车前，让我们先把行李搬上去。然后来了一个防疫人员，上车对着所有行李喷洒消毒水。等我们上车坐下，胡站长说，辛苦大家啦，隔离14天。对于隔离，我早就有心理准备，说实话，也没什么意见。中国依靠这种隔离的方法有效控制住新冠肺炎疫情，是有目共睹的。自疫情出现以来，西藏只在早期确诊了一例，还是输入病例，从此再也没有增加一例。很多网友说，西藏不愧是净土。为了这片净土，我也心甘情愿被隔离。

　　中巴车驶进一个酒店的后院，大家看见"西藏岷山银桥酒店"的招牌。隔离的费用由我们自理，服务员会送来一日三餐，每天早晚各量一次体温。

　　进了房间，不大，但也不算小。这十几平方米就是我未来14天活动的空间。下午5点，明媚的阳光正从窗户照进来，我径直走到窗边，布达拉宫在不远处的红山上闪着金光。那一刻，幸福感涌来，我深深吸了一口气，拿出手机拍了许多照片。虽然不能出门，但我可以随时看到布达拉宫，在拉萨隔离，还有比这更好的地方吗？

6点钟，服务员送来了晚饭。我饿坏了，狼吞虎咽把三盒饭菜解决。也许是吃得太快了，没过多久，高原反应袭来，我感觉心跳加速，呼吸吃力，头发昏，眼皮发沉。来拉萨4次了，我第一次出现这么严重的反应。

我拿出血氧饱和度测量仪一测，84%，比在北京时低了15个百分点。我在床上躺下，阳光依然明媚，从布达拉宫方向斜斜地照进来。阳光在我脸上留下轻微的刺痛，全身暖暖的，闭着眼睛却看见白茫茫一片。就这样躺了一会儿，症状依然没有缓解。我再次测了血氧饱和度，74%。我有些紧张了。血氧饱和度过低会导致器官缺氧，特别是容易对大脑造成损伤，严重时有生命危险。之前上高原，我是从不吸氧的，认为那会使身体适应得更慢。但此时看到桌子上摆着的两罐氧气，我毫不犹豫打开一罐，贪婪地吸了起来。

就在 3 个小时前，刚下飞机时，朋友发微信问我：有没有高原反应？我马上自信地回复：拉萨没问题。是啊，我从未想过到拉萨会出现高原反应。我把前几次高原对我的恩赐当成了理所当然的事情。于是，3660 米的海拔对我的不够敬畏作出了回应。

大概 9 点多，隋毅打电话过来，问我有没有反应，她反应比较严重，刚测的血氧饱和度只有 69%。她说刚才从床上起身时，眼前一黑栽倒在地，不知睡了多久被冻醒了。这吓了我一大跳。我违反了隔离纪律，到她的房间去看她——面色憔悴，气力不足，正在大口吸氧。她说刚才正准备休息，几个电话打来，又协调了些事情，结果就晕倒了。服务员送来 3 支葡萄糖注射液，她喝下一支，脸色渐渐好转。我嘱咐她继续吸氧，不要活动，如果再有什么情况马上给我打电话。她问我：咱们这样，能上 5200 吗？我说有反应是正常的，两三天肯定就适应了，再说我们还有 14 天呢，能上去。

回到房间，布达拉宫灯火辉煌，它在我的窗外，却又像在画册里，在梦境中。第一次看见它是 10 年前，那年国庆假期，我一个人背包进藏，实现了转冈仁波齐的梦想。在那段青春的岁月里，来一次高原，仿佛充满了电一般，浑身都是劲儿。可回到平原，过不了多久这电就用完了，又开始怀念高原，开始心痒痒。我甚至曾大言不惭地说，这才叫高原反应。于是10年来，我又到了高原许多地方，看到许多终生难忘的景色，经历了许多所谓的高峰体验。但我还没亲眼看到过珠穆朗玛峰，她就在那里。

哦，对，按规定，今天还不能算在隔离14天的数字里面。今天只是前奏，今夜只是前夜。

3月18日　拉萨　晴转多云再转晴

昨夜的睡眠很糟糕，一直恍恍惚惚，可能只睡着不到两个小时。总是觉得只用鼻子喘气不够，就张开嘴大口大口地呼吸。这样又使得喉咙干燥，疼痛。早晨起床后，症状似乎好了一些，但情绪有点低落。这才是正式隔离的第一天啊，这才是七八十天征程中的第二天啊。

吃过早饭，又开始头晕，我逐个询问其他队员的情况，都出现了高原反应，不过也都有所好转。专家的研究显示，3月是西藏含氧量最低的月份之一。有反应是正常的，我鼓励自己，也鼓励大家。

什么样的人容易出现高原反应？人在什么状态下容易出现高原反应？似乎并没有明确的说法。但我想，放松的心态，愉悦的心情，一颗对神秘自然的敬畏之心、感恩之心、朝圣之心，或许比红景天、高原安之类的药物更有效吧？无论如何，焦虑都不是好办法。我干脆不再测量血氧饱和度了，该升上去的时候，自然会升上去的。

上午一直老老实实地半躺在床上看书，关于上次珠峰测量的纪实。吃过午饭，把手机调成静音，想好好睡一觉，幸运的是我居然很快就睡着了，还睡得很香。一觉睡醒，不仅身体舒服多了，心情也变好了。

窗外的布达拉宫时而被阳光照耀，时而被云雾覆盖。在群山的怀抱中，它看上去并不高大，甚至还不如近处的吊车显得高大。但怎么看，它都不像是属于人间的宫殿。窗外的近处是一片居民区，有一条松柏簇拥的小河，几幢四层的黄色楼房被青灰色的山揽在怀里，山顶还有若隐若现的积雪。一个穿白色棉袄的小女孩正在居民区的空地上打羽毛球。她蹦跳着，喊着，笑着。她的笑声让眼前的一切充满活力，充满人间气息。由于视线被遮挡，我无法看见她对面的人。谁在那边接她打过去的球呢？她的爸爸还是妈妈？

想起昨天早晨 5 点钟离家时，我和妻道别，儿子也醒了。他在床上躺着，迷迷糊糊地看着我，跟我说了声拜拜，然后转过身去。到了机场，妻发来信息，说我走后儿子一直在哭。我最近一段日子都在和他告别，尽可能地抽出更多的时间陪他读书、下棋、玩游戏。之前买了一本《给孩子的故事》，只给他读过两三篇，汪曾祺的《黄油烙饼》他很喜欢。最近一段时间，我每天都读一篇给他，读完就用铅笔在目录上画个勾。看他专注聆听的样子，看他不时露出的笑意，我感到幸福。可那本书还有好几篇没读完，我就要出发了。把书放回书架的时候，我想，我还有机会给他读完吗？

我不是一个悲观的人，反而我总是愿意抱有希望。但我深深地相信人生之无常。特别是母亲的患病离世，让我习惯于把每一次都当成最后一次。于是无论与谁相处，我都常常想，这或许是最后一次见面，这或许是最后一次拥抱，这或许是最后一句话。于是我把相处当成是告别的过程。

我写过一首叫《生日》的短诗：妈妈，32年前的今天/我经过一条短短的通道/来见你第一面/紧接着，就用一生长长的时间/来与你告别。如果一个人，所有的时间加起来都不够与他相聚，那么所有的时间加起来，也不够与他告别。

如果我身体不出现意外，能够坚持到 5 月底这次测量任务结束，也不过两个半月的时间。比起那些我采访过的许多地质队员、测绘队员，动辄离家半年在野外工作，真的不算什么。人间太多离别，滋味各不相同。

现在已近晚上 10 点钟，隔离的第一天即将结束。安静极了，不知大家都在各自的房间里做些什么，有着怎样的心情。我乐观地认为，明天一觉睡醒，我肯定就满血复活了。嗯，明天开始把工作一项一项梳理，一项一项准备。毕竟，这次带着重要的任务。

3月19日　拉萨　雪后转晴

早晨8点多，我迷迷糊糊地爬起来，拉开窗帘，哇，松树上、屋顶上、山峰上全都一片洁白，下雪了！布达拉宫在云雾中，和远处山顶的白雪连在一起。

如果没有这场雪，我今天日记的开头肯定还是：昨夜的睡眠很糟糕。昨天我从吃过晚饭就一直坐在电脑前打字，直到凌晨。或许我现在的身体状况还不能支撑这种工作强度。睡觉前，我突然感到胸口发闷，继而左胸疼痛，一阵阵收紧。心绞痛，之前也有过，但这是第一次在高原出现。我赶紧打开一罐氧气，靠在床头，一口一口地吸。这样过了一个小时，越吸越困，眼睛都快睁不开了，但疼痛依然没有缓解，我不敢睡，怕万一醒不过来了。

我埋怨自己，怎么就没带瓶硝酸甘油来呢？给服务台打电话也没人接，肯定都去睡觉了。经理曾留过一个应急电话，让有情况找她，但这么晚了，实在不忍心把她从睡梦中吵醒。打扰人和麻烦人是我最不愿做的两件事。这样又过了一个小时，2点多了，左胸依然很疼。可我坚持不住了，躺下来，打算就这样睡去，我甚至接受了醒不过来的可能。

就在那意识有些迷糊，半梦半醒的状态下，我心中先冒出一个念头：诗集还没出呢，还有几首诗没写。紧接着一个念头：没出就没出吧，没写就没写吧。似乎可以死了。但突然又一个念头让我一下惊醒：王旗没了爸爸怎么办？后来我还是睡去了，幸运的是，我又醒来了。可能我有点过度紧张，小题大做，自己吓唬自己。但这突发的状况让我知道，在我确信自己可能面临死亡的时刻，最牵挂的是诗和孩子。

早晨起来，疼痛消除了。虽然因睡眠不好而后脑勺沉重，但感觉呼吸顺畅，四肢轻快。我想，高原在给我最后一次考验之后，终于还是接纳了我这个老朋友。测了一下血氧饱和度，88%，升上来了。我在网上查"高原的血氧饱和度正常值是多少"，但都是些内地医生的回答，一律是不能低于90％。我不相信这种说法。我发信息问一个曾经的援藏干部，之前在拉萨采访他时，看到他办公桌上放着一个血氧仪。答案马上来了：一般不吸氧情况下能到90％就很难得了，低于80％的话就有高原反应的迹象了。看来我完全正常了。午休后我又测了一次，93％！我兴奋地想大喊：我又回来啦！

高原反应离去了，今天的工作效率也很高。上午，我起草了这次报道的任务清单和分工，制作成图表。最怕就是不知道该干什么，当任务一目了然后，心里会踏实很多。下午，我拟订了采访7位测绘专家的提纲，将其他媒体的采访提纲汇总、分类，明天分别发给各专家。

楼下有十几个戴着口罩的年轻人在调试经纬仪，一定是国测一大队的队员，让我感到很亲切。如果不是因为隔离，我肯定跑下去找他们聊天了。他们没有被隔离，应该是早就来西藏工作了。测量珠峰的高度，并不是爬到山顶观测一下就行了，之前还要做大量的基础测量工作。要在珠峰周边地区开展GNSS、水准、重力等测量。

水准测量是以我国的高程基准体系为基础，将高程一步步传递到珠峰脚下各交会点。交会点队员通过测量距离、角度，计算珠峰的高程。以上属于传统大地测量手段。而 GNSS（全球卫星导航定位系统）属于现代大地测量手段。重力测量有助于优化珠峰地区的大地水准面精度，相当于在这两种测量手段中架起一座桥梁。采用多种手段，是为了最终得出更加精准的珠峰高程。

傍晚时打电话让服务员帮我送一盒火柴、一包纸巾、一个垃圾袋。没过多久，一个藏族大姐就送来了，我接过，两包纸巾、两个垃圾袋，火柴呢？大姐戴着口罩，但我看见她的眼睛恍然大悟般地一亮：哦，火柴，对不起，我马上给你送来。说着她转身就跑。我连忙喊：没关系，您别跑啊。她已经消失在楼道的拐角。我因这淳朴和可爱而深深地感动。

今天，在很多时刻，我总是不由自主地望向窗外布达拉宫的方向。布达拉宫的白墙，山顶的白雪，雪上的白云，都浸泡在纯白的阳光中，白色变幻着，相互映照着，融化着。我望向那个方向，当阳光刺眼，我隐约看到一幅虚幻的景象，我不知道那是什么，但我可以用布达拉宫来称呼它，我也可以用冈仁波齐、玛旁雍措、珠穆朗玛，用很多的名字来称呼它，我不知道那是什么，但我知道它一直都在那里，那令人渴望靠近却永远无法抵达之处，或许又是每个人最终的归宿。

某微信公众号今天推送了一篇纪念台湾诗人洛夫逝世两周年的文章。洛夫逝世已经两周年了？时间真快啊。洛夫一生的创作走了一条回乡之路，从后现代无意识写作回归到中国古典之美和禅意。我喜欢他回归后的诗。他写六月朦胧的爱情"在涛声中呼唤你的名字而/你的名字/已在千帆之外"，他写在边境遥望祖国的山河"一座远山迎面飞来/把我撞成了/严重的内伤"，他写深夜里读信"子夜的灯/是一条未穿衣裳的/小河/你的信像一尾鱼游来"，他写给母亲上坟"我为你/运来一整条河的水/流自/我积雪初融的眼睛"。望着那云朵，我想，洛夫也在这里吧。是的，我读过他的诗，喜欢他的诗，对我来说，他就在我的云朵里。

隔离的第二天就要过去了。

3月20日　拉萨　阴转多云转晴间有雪

在拉萨住下后，我已经习惯于早晨起来拉开窗帘，让眼睛沉醉在阳光里。新的一天在阳光中开始，是件多么幸福的事。可今天，阳光被厚厚的积云遮住了。手机上的天气预报，今天阴，明天阴，后天雨夹雪。实在不是一个好的预言。

令我没想到的是，原本希望发生在早晨的一幕，发生在了午后。午觉睡醒，拉开窗帘，阳光刺眼。趁暖和去洗个澡吧。洗完澡正洗着衣服，我在卫生间里似乎听到风的呼啸，走到窗边一看，不敢相信自己的眼睛，下雪了，而且是大雪。这雪会下多久呢？当我把最后一件衣服洗完，走出来时，阳光刺眼。

你又能预言什么呢？今天上午9点左右，日喀则市定日县突发 5.9 级地震，幸好震中人烟稀少，目前还没有伤亡的报告。珠峰大本营就位于定日县扎西宗乡，本次震中距离珠峰不到 100 公里，她肯定也感受到了这震动，不知哪片冰雪因此而松动，哪块石头因此而滚落。

印度洋板块一直在固执地向北移动，与亚欧板块挤压造成了青藏高原隆起，并诞生了世界最年轻的山脉——喜马拉雅山。挤压也产生了巨大压力，在地质学里被称为地应力。当地应力到达临界点，就需要释放出来，发生地震。喜马拉雅地震带地震频发。2015 年 4 月 25 日，尼泊尔大地震，引发珠峰雪崩。紧接着，5 月 12 日，尼泊尔再发 7.5 级强震，震中就在珠峰南坡营地。地震在尼泊尔和中国境内都造成巨大破坏。樟木口岸一度关闭，如今虽恢复通车，或许再也无法重现往日繁华。地震对珠峰造成了哪些影响？珠峰变高了还是变矮了？我们的这次测量，会给所有的猜测一个标准答案。

我亲眼见过地震的巨大威力。2014 年夏，云南昭通鲁甸地震后，我去震区采访，跟随测绘队员到红石岩堰塞湖测量滑坡体规模。我们乘坐武警部队的冲锋舟，从堰塞湖一岸到另一岸，只见旁边山坡上所有的树木都齐刷刷地弯折向山体,树干树枝树叶上全是干泥,令人毛骨悚然。原来是地震把对面的山震塌了,无数的山石滚落到河水里,产生巨大的冲击波,瞬间改变了这些树木的形状。只要再有一块大石头再落下来,我们的冲锋舟也会飞到对面山上去。

而在几乎被夷为平地的老北川县城,大自然的恐怖威力更加令人震惊。当看到被山体滑坡掩埋的北川中学,看到挂在废墟上的"孩子,爸爸妈妈想你",那一刻我觉得,纵使呼喊,一发出声就会被群山吞没,纵使哭泣,眼泪一滴下来就会被泥土喝光,剩下的只是无边无际的虚无,那虚无堵在胸口让人难以呼吸。那是2011年夏天,我在汶川地震3周年后来到震区,晚上住在漂亮的新北川宾馆。新北川县城建造的如同一个欧洲小镇,新学校的塑胶操场,那崭新的塑胶味你甚至都能看见。当地人说,死的人死了,活下来的活下来了。

还是2014年的昭通,金沙江奔流而过,江这岸是昭通的永善县,对岸是四川雷波县。地震发生后,江边山崖上许多岩石松动,有坍塌的隐患。住在半山腰的乡亲,有些被紧急转移到安全地带。他们生活穷苦,多以在山上种花椒为生。走过一间低矮的房子时，我看到外墙上用粉笔写着一首诗，那是黛玉的《葬花吟》。那笔迹明显出自一个孩子，一个小女孩。我驻足许久，看着这些字，想象那个在江边山崖上读《红楼梦》的女孩，她一定是个有着大眼睛的漂亮女孩。今生，她能走出这座大山吗？

你又能预言什么呢？今天某网站上原本用来发布中国新冠肺炎疫情统计数据的位置，变成了世界各国的统计数据。意大利、西班牙、德国、美国……当我看到那些惊人的确诊和死亡数字，无法和一个个人、一个个生命联系起来，产生了一种虚幻的感觉。新世纪以这样的方式欢迎人类的到来。那么，人类还觉得一切都是理所当然吗？

正写着写着，窗外竟然传来雷声。你又能预言什么呢？

3月21日　拉萨　雪转晴

　　雪至少下了大半夜，早晨，楼下停着的汽车顶上都覆盖了厚厚一层。雪花依然纷纷扬扬，可落在地上的立即就融化了。原本从我的窗子看出去，一圈都是山峰，这一刻全部消失了。布达拉宫在乳色的天空中若隐若现，如同海市蜃楼。一只流浪猫，在居民区的花园里觅食，它不冷吗？由于居民楼的外墙是淡黄色的，所以它那黄白相间的毛，和我眼前的画面十分搭配。

　　隔离第四天，或许大家同时进入一个低落期，一上午，手机都安安静静。我们彼此只隔一面墙壁，却又沉默在各自的世界里。下午，记者群里终于有了消息。住我对面的中央新影的同行，对着窗外的路口架起摄像机，用延时摄影模式从清晨一直拍到中午，最终形成一个只有 15 秒的视频。车辆川流不息，云朵在天空飞快地移动，仿佛时间被按了加速键。这也是对我们隔离的一种诗意记录。今天是世界诗歌日，据说联合国教科文组织从 1999 年就确定 3 月 21 日为诗人的节日。诗歌日在春分前后，还是很恰当的。当然，对中国人来说，每一个节气都充满诗意。

布达拉宫隐没在云和雪中，反而更清晰地唤起我关于它的记忆。如果西藏推选出一个最具代表性的标志，无疑就是布达拉宫。就像很多人到北京为了看一眼天安门，很多人到拉萨，也是为了看一眼布达拉宫。绕布达拉宫的外墙走一圈，大约 2 公里，途中有 1800 多个转经筒，我一共转过 13 圈。在刺眼的阳光中、在明亮的月光下，我跟随那些虔诚的信众，转动过每一个经筒，嘴里念着六字真言，还像他们那样每路过一个佛龛，就双手合十，把额头贴在下面的哈达上。我还记得他们中一些人的模样，有老人、孩子、妇女、壮汉，有挂着拐杖的，有磕长头的，手里都拿着一串佛珠或小转经筒，神态都那么安然，眼神都那么清澈。他们很多人嘴里念着的好像不是六字真言，但声调都一扬一扬的特别好听。

13 在藏区是尊贵的数字，转山转水转佛塔，都以转 13 圈为圆满。我绕布达拉宫转 13 圈，不是为了求圆满，是为了表达一种真诚的敬意，也为了祈求家人平安。

到布达拉宫参观，当你一级一级地攀上山坡，最后登上陡峭的木梯即将进入红宫时，心中必定激动而好奇，就像一个神秘的世界正等待你到来。游客总是很多，在狭窄的过道里，你难以驻足，常常被后来的人推着走进下一个宫殿。那么多宫殿，那么多名字，那么多金灿灿的佛像，走一圈下来，你只能感慨庄严、精美、奢华、神奇。

我曾两次走进布达拉宫参观，留给我印象最深的是六世达赖仓央嘉措的寝宫——长寿乐集殿，殿内设有仓央嘉措的宝座和塑像。"飞到理塘就返回"的仓央嘉措，"只为途中与你相见"的仓央嘉措，被赋予了太多美丽传说，太多象征。人们赋予他的，或许是自己内心的渴望——对于强权的反抗，对于禁忌的解放，对于红尘的眷恋，对于爱情的向往。只羡鸳鸯不羡仙，爱江山更爱美人，这不正是连续剧里大家喜欢看的桥段吗？真性情，真潇洒，多么令人羡慕。

可事实远非如此简单，当涉及政治、涉及权力，往往会身不由己。他那面积并不大的昏暗寝宫，只有小小的窗子，他每天透过那扇窗看拉萨的人间吗？从那扇窗看出去，只能看到宫殿下的树木和屋顶，看到远处的山，没有行人车辆，更没有玛吉阿米。如果他真的是个诗人，如果他真的是个浪漫情种，那么，他的窗子太小了，他的日子太悲惨了。站在他的寝宫里，我四面环顾，想要感受他的气息却无法捕捉，取而代之的是一种忧伤。这忧伤在布达拉宫庄严甚至森严的氛围里越发强烈。

我每次停留时间最长的地方就是五世达赖高大的灵塔。3721 公斤黄金，上万颗珠玉玛瑙，塔顶下方还镶嵌着一颗据说生成于大象脑髓里的夜明珠。我们无法在其他任何地方见到这样的奢华。很多珠宝都是由信徒们自愿捐献。人如何表达内心最大的尊敬和爱意呢？最直接最有说服力的，就是把自己最珍贵的东西拿出来，献给他。有的人献身，有的人献宝。其实所有奉献都相似，献的那一刻，仿佛自己的生命与心中认定的神、美好、善意联系起来，获得了升华，献的那一刻，生命本身到达了幸福和满足。

　　神、美好、善意，或许这并不是恰当的表达。信仰？信仰的词义已经脱离了它本身，我不敢轻易使用。每一个词语的语义都如此虚无缥缈，那么以词语为细胞的诗歌，就更加无法下定义了。没有定义的，或许更接近真理。世界诗歌日，仓央嘉措节日快乐，也祝我节日快乐。

3月22日　拉萨　晴

晴朗的一天。远处山顶的积雪尚未融化，在洁白背景的映衬下，布达拉宫的金顶格外璀璨。天空成了云朵的舞台，而太阳是一流的灯光师，能随时变幻出无数色彩。

有时天空蓝得啊，一些害羞的白云无处躲藏，它们躲到哪里，哪里就有一座大山。它们躲在山的背后，还露出头偷偷地看，似乎在等待时机，搞一出恶作剧。

上午，国测一大队有一批测绘队员从我们住的宾馆出发了。我站在窗边看他们往越野车上装物资。由于距离太远，看不清都是些什么，我就用相机拉到最大焦距拍下来，再把照片放大了看。我是不是有搞情报工作的潜质？看清了，有测量仪器，有工兵铲，有帐篷、睡袋，有高压锅、烤炉和大铝盆，有巧克力和方便面，还有一面国旗。看着他们的车辆驶离，看着他们带着国旗出征，我内心突然激动起来。我也是这队伍中的一员，再过 10 天，我也要出征了。

今天看到一个视频，是支援湖北的医护人员凯旋的场景。朋友们纷纷说，看哭了。一个镜头让我印象深刻，交警们的摩托车队在去迎接他们前，队长喊话：什么待遇？队员们齐声高喊：最高礼遇！队长：什么任务？队员们声音更大了：接英雄回家！

这些医护人员绝对配得上英雄的称谓。英雄没有那么多豪言壮语，没有那么多光鲜外在，英雄本是普通人，当历史将他置于某个时空坐标，他出于善良、出于责任、出于大爱，甘愿奉献自己、牺牲自己，为了保护和拯救更多的人。而在更浩瀚的普通生活里，每一件无私的举动都是伟大的，都是人类得以延续的希望，得以照亮黑夜的星光。从这个意义上说，我们每个人都可以做自己的英雄。

罗曼·罗兰说，世上只有一种英雄主义，那就是看清生活的真相后，依然热爱它。这句话是从如何坚强乐观地对待人生，如何实现自我升华的角度来定义英雄。西西弗斯是英雄吗？当然是。每当他筋疲力尽地将巨石推到山顶，巨石就会立即滚落下去，如此轮回，永无止境，可他依然重复这看似无意义的劳动。杜甫是英雄吗？梵高是英雄吗？当然是。他们一生大部分时间颠沛流离、穷困潦倒，但依然满怀希望，向着艺术的追求燃烧自己，给人类留下了伟大的精神遗产。我们在新闻中时常看到的，那些不离不弃照顾身患绝症孩子的穷苦母亲，那些以一己之力支撑一所学校的乡村教师，那些乞讨要饭也要找寻自己走失骨肉的父母，他们是英雄吗？当然是。

人的一生，总要有一件事让你义无反顾。话剧《恋爱的犀牛》里有我喜欢的一句台词：上天会厚待那些勇敢的坚强的多情的人。这不只关乎爱情。多情，我理解为庸俗、市侩、冷漠、自私的反面，那是一种心念，一种追求，一种热爱，一种人类摆脱兽性向着神性上升的力量。

参加这次珠峰测量的人也都是英雄。他们远离家人，远离安逸，他们将在海拔 5200 米之上的"生命禁区"工作两个多月，他们将背着沉重的测绘仪器挑战地球最高峰，他们将面临各种未知的风险。

在历史上留下什么不是我们能决定的，但在人生中留下什么只有我们自己能决定。借用并改编罗曼·罗兰的话：世上只有一种英雄主义，那就是认清自己的局限后，依然努力变得更好。

3月23日　拉萨　晴转阴

今天上午，我把摄像机架起来，对着窗外的山和白云，也尝试用延时摄影模式拍了一段视频。从10点拍到12点，在最终形成的一段19秒影片里，云在山顶的蓝天上翻滚着、涌动着，甚至咆哮着前行，如百兽迁徙，如万马奔腾。这个作品让我十分得意，把它分享给了家人和朋友。

镜头是人类创造的另一种眼睛，就像其他很多工具那样，模仿人类的器官，延伸人类器官的功能。眼睛无法设置感光度和曝光时间，无法添加滤镜，而相机可以，通过设置参数、选取角度、巧妙构图，可以改变物体呈现的色彩、状态和相互关系。摄影不是重现世界，而是对世界某个局部的重新创造。延时摄影或慢镜头又是对时间的再造，通过加快和减慢时间，你会看到眼睛无法看到的景象，比如一朵花像变魔法那样瞬间开放，比如水滴落在水面溅起的美丽形状，它会让你看到这世界更多的一面，或许会让你对这世界产生新的感悟。

还有很多人造眼睛正在渐渐改变我们对世界乃至宇宙的认知，显微镜、天文望远镜、X光机、红外线镜头，在这些眼睛里呈现的世界，更迥异于人眼所见。人类创造工具，助推了科技进步和文明发展。这些工具已经让我们深深地依赖，甚至成为我们身体的一部分。可是永远不要忘记，我们有一双天赐的晶莹的眼睛，它直接与我们内心相连，它流露我们内心的情感，它是所有创造的源头。这个世界究竟是什么样子？我不知道，但这个世界在我们眼睛里的样子肯定是最温情。

下午，我看到窗外停着两只蚊子，两只肥硕的蚊子。它们竟然在依然飘雪的季节里，在高原上出现了。记起去年此时在拉萨采访，我们从尼木县回来的路上，不知怎么就聊到了蚊子。藏族司机朋友顿时叫苦不迭："我小时候根本没见过蚊子啊。被蚊子咬太痛苦了，起一个大包，消不下去。"我当时就想，对于从小不知蚊子为何物的拉萨人来说，被这么个突然冒出来的小怪物叮一下，确实挺可怕的。可蚊子是怎么来到高原，又怎么在高原繁衍生息的呢？这不禁令人想到气候变化，这或许和珠穆朗玛峰的冰川不断消退是相同的问题。

我们那时还聊到了狗，他说拉萨野狗成灾，居民区经常发生狗伤人的事，为此很多小区都成立了打狗队。我说，打狗队难道要把狗打死吗？他说有时还真的打死了。如果狗咬了你的小孩，或者你的小孩因为狗连门都不敢出，你说气人不气人？不知一年过去，打狗队是否还存在。但愿问题已得到解决。

今天是诗人昌耀逝世 20 周年纪念，他是公认的大诗人。人生最宝贵的时光里，他在青藏高原饱受苦难，但也收获了豁达、慈悲的胸怀和壮美、凝练的语言。"在善恶的角力中／爱的繁衍与生殖／比死亡的戕残更古老／更勇武百倍！"这几行诗，在他那首著名的长诗《慈航》里反复出现。一个经历过至暗至恶残害的人，依然相信光明，相信善和爱，仅此一点他就足够伟大。

静极——谁的叹嘘？／密西西比河此刻风雨，在那边攀缘而走。／地球这壁，一人无语独坐。这是昌耀同样著名的一首短诗《斯人》。这是怎样的视野和胸襟啊？

正要结束今天的日记，突然发现窗外飘起鹅毛大雪，窗台上已厚厚一层，树木也都一片洁白。雪落无声，静极，我无语独坐。隔离已过第 6 天。

3月24日　拉萨　晴

今天是我到拉萨后天气最晴好的一天。早晨拉开窗帘，雪已经停了，阳光把树上的雪照得晶莹，也让它们悄悄融化。云路过，光影在地面、在山峰和布达拉宫上演奏乐曲。下午，天空中几乎没有云朵踪影，太阳的独角戏，她似乎心情很好，把我的床烤得暖暖的。

上午我正在整理资料，酒店经理发来信息，我瞄了一眼，看到"满7天""无症状""解除隔离"几个词，心里一激动。我们明天不就满7天了吗？我们要解除隔离了？激动了还没10秒钟，经理电话来了："王老师啊，拉萨市调整了政策，从19个低风险省份来的，7天无症状就可以解除隔离了，你们是北京来的，北京不属于低风险省份……"哦，原来是这样，没关系，本来就做好 14 天的准备了。"你们队伍里有一位老师是从云南直接来拉萨的，他明天可以解除隔离了。"哦，对啊，澎湃新闻的记者王万春是从云南来的，明天他将获得孤独的自由，但总归是自由。

今天我看到测量登山队员的详细行程，3 月 20 日至 4 月 2 日，在羊八井登山训练基地隔离 14 天，同时训练技能。4 月 3 日启程前往珠峰大本营。接着他们将在大本营、前进营地、C1 营地（北坳营地）经过反复的适应性训练和休整，计划 5 月 10 日第一次向顶峰突击。这比我之前看到的冲顶日期要早。不过行程最后也写着：珠峰地区气候变化无常，具体行程视现场天气情况确定，计划第二次突击顶峰时间为 5 月 16—23 日，第三次突击顶峰时间为 5 月 24—30 日。

下午站在窗边望着阳光中的布达拉宫，突然走神——我到拉萨了，我看见布达拉宫了，我得给妈妈打个电话告诉她。过去每次出差，我都要给妈妈打电话，还会把当地的风景拍下来发给她。但我立刻意识到妈妈已经不在了，那一瞬间，巨大的悲哀袭击了我，眼泪已在眼眶里。

罗兰·巴特在母亲去世的翌日，开始在裁剪好的纸条上写"哀痛日记"，虽然大多数都是只言片语，但持续了近两年（母亲去世两年半后他也去世了）。他写对妈姆（他在日记中如此称呼母亲）的思念，写自己的哀痛，分析自己的哀痛。

有一次他去商店买东西，听见售货员把商品递到顾客手中时说了一句"好了"，他就不能自已，跑回家痛哭了一场。因为他在照顾妈姆时，每当送给她一样东西时都会这样说。妈姆在弥留之际，有一次半清醒之中也回了他一声："好了"。还有一次，他看一个乏味的电影，银幕上闪过一盏带褶皱灯罩的灯，这让他情绪激动，感觉妈姆整个人出现在自己面前，因为他的妈姆过去也常做灯罩。

妈妈去世两年半了，在我的日子里几乎每天都会出现这样的瞬间，但大多数时候不适宜哭泣，甚至不能表露出来。罗兰·巴特写道：哀痛就出现在爱的联系被重新撕开的地方，最强烈之点出现在最抽象之点上。当生活中的细节使我忆起妈妈还在的时候，然后马上意识到她的永远不在，于是爱的联系被一次次重新撕开，这种撕开夹杂着很多回忆和想象，是抽象的，但悲哀却那么具体。

三天前的夜晚，我梦见了妈妈，她很虚弱，身上穿了很厚的衣服，她知道她要走了，我也知道她要走了，但我们很开心地说了好多话，就像久别重逢。我说妈妈，你等等，我要用手机拍下来。可手机里的摄像功能怎么也找不到了，我知道没有太多时间留给我，我焦急万分，即使在梦里，我也清醒地知道，我和妈妈相聚的时刻，就像天边的彩虹。果然，妈妈还是走了，我哭着醒来。

罗兰·巴特还写道：哀痛不是连续的，你也无法消除哀痛，你只能转化它，把它从静态（停滞、堵塞、同一性的重复出现）转化为动态。我认为哀痛是连续的，它已经和我的呼吸融为一体，有时觉得它中断了，其实是因为有事情转移了注意力。当哀痛成为生命的一部分，它就不再是单纯的哀痛了，它是阳光、空气、水，它是对这世界深刻的体认，它是内心的财富。在这世上，我是妈妈最珍贵的遗物，她的生命也借由我的生命继续生长。

我给妈妈每周订的鲜花，因为疫情停送了。离京前一天，我去花店给她选了一束花，康乃馨、玫瑰、雏菊，摆在她的遗像前。她的遗像就摆在书柜的一格里，那是思念的寄托。

　　我愿意相信，妈妈一直和我在一起。

　　此刻，我们看到了灯光灿烂的布达拉宫。

3月25日 拉萨 晴

今天依然是个大晴天，黄昏时云朵才开始聚集，似乎他们昨天做了什么错事，害怕太阳的责骂，偷偷地躲着，太阳落下一点，他们就向前一步，现在，最后一点阳光就要消失在山后面了，他们终于成了一群占领天空的孩子。

害怕太阳的，当然还有蚊子，中午时，窗玻璃外面停着许多小蚊子，我都不敢开窗。下午，当太阳从西面直视我的房间，把我床头柜上的气温计烤到将近 40℃ 时，这些吸血鬼全都消失了。阳光隐退后，它们又在外面疯狂起来。北京的蚊子要到 5 月份才开始活跃，没想到拉萨的蚊子这么早熟。

今天一个藏族朋友打来电话，"我觉得今年登顶早不了，恐怕你们回来要到 6 月份了"。他说登珠峰得看藏历，藏历的四月是最佳时机。今天才是藏历二月初一，这么一算，藏历四月可不是 5 月底了吗？他的话只是一种个人猜测，但参考藏历还是有一定道理的，因为在漫长的文明发展历程中，最了解这些雪山的还是高原上的人。我干脆查了一下：1975 年，我国第一次精准测量珠峰高程，登顶日是公历 5 月 27 日，藏历四月十七；2005 年珠峰高程复测，登顶日是公历 5 月 22 日，藏历四月十四。还真都是藏历四月中旬（不过换个角度看，也都是公历 5 月下旬）。珠峰脚下的绒布寺是世界上海拔最高的寺庙，每年藏历四月十五日，都要举行三天的跳神活动。相传藏历四月十五是佛祖释迦牟尼降生、成道、圆寂的日子。把这些联系起来，会觉得很有意思。既然现代研究给出的结论只是：珠峰地区气候变化无常。那么我们把藏族人通过对大自然长期观察形成的历法作为参考，又何尝不可呢？但还是让我希望这次珠峰测量是个例外吧，我们将在藏历三月成功登顶。

1969 年，人类登上月球。而在此仅仅 16 年前，1953 年 5 月 29 日，新西兰人埃德蒙·希拉里和夏尔巴人丹增·诺尔盖,才从南坡第一次登上珠峰之巅;在此仅仅 9 年前,1960 年 5 月 25 日,中国登山队的王富洲、贡布、屈银华第一次从北坡登顶珠峰。可见当时攀登珠峰难度之大。而当北坡的第二台阶和南坡的希拉里台阶这些天险被固定上梯子和绳索,当登山装备和保障设施升级换代,登顶珠峰的难度在减小,门槛逐渐降低,商业味越来越浓。

中国政府要求攀登珠峰的登山爱好者必须具备其他 8000 米以上雪山的登顶证明。2018 年年底,日喀则市定日县珠峰管理局发布《公告》:禁止任何单位和个人进入珠穆朗玛峰国家级自然保护区绒布寺以上核心区域旅游。西藏自治区体育局、国家体育总局登山运动管理中心还规定:从 2018 年开始,专业登山队员和满足条件的探险爱好者,每年进入珠峰核心区的人数应被严格控制在 300 人左右,而且仅限春季登山。

而在南坡,情况就不一样了。有些根本没爬过山的人,一上来就想挑战世界最高峰,而一些登山公司为了赚钱也不管报名者是否够条件。每年 5 月登山季,南坡大本营都热闹非凡,通向峰顶的山脊上居然也出现了拥堵现象。去年，在南坡拥堵的人群中，至少有 14 人由于等候时间过长，消耗体力过多，高寒和缺氧而死亡。

如今，虽然全世界已有 6000 多人成功攀顶珠峰，但也有 1000 多人死在攀登或下撤途中，很多尸体无法运下而成为路标。

喜马拉雅山脉是地球上最年轻的山脉，珠峰这座世界最高峰也是年轻的。她还在生长，只是她的时间刻度是以百万年计算。被我们称为第一台阶、第二台阶、第三台阶、希拉里台阶（第一、二、三台阶为珠峰北坡攀登路线上临近峰顶时三个连续的陡壁，希拉里台阶为珠峰东南山脊上临近峰顶的陡壁，均为攀登珠峰的天险。）的不过是她的几个生长纹。人类挑战自身极限，攀上这些台阶，固然值得骄傲。可在任何山峰之前加上征服一词，都多么可笑。在大自然中，我们能征服的除了自己，难道还有别的吗？

3月26日　拉萨　晴转多云

上午，酒店经理打来电话说，我们明天就可以解除隔离了，下午会让我们填写居家隔离留观册，明天去社区帮我们代办解除隔离通知书。我说谢谢你给我们带来这个好消息。挂上电话，我马上在记者群里公布了这个消息，一片欢腾。

可我并没有设想的那样兴奋。到了下午，我甚至希望可以按照原定的14天，继续隔离下去。人在禁锢中对自由的期盼似乎是理所当然的，可当自由突然来临，未必已经做好了准备。电影《海上钢琴师》里，在船上出生、船上长大的1900，曾盼望着下船去看看外面的世界。他自信地走下舷梯，可当还有最后一级就能踏上陆地时，看着满眼的高楼大厦，他迟疑了、害怕了，他不知道自己能否面对这世上的一切，他不知道自己该去哪里，要做什么，怎么与人交往？于是他转身回去，再也没动过下船的念头。当然，此时的我并非像1900那样惧怕外面的世界，只是这9天来我已经形成了自己的生活规律，准备这次报道、熟悉材料、读书、思考、写作，每天都觉得时间不够，我已经适应并且享受这份孤独。最近几年，我越来越喜欢和自己交流，越来越珍视独处的时间。隔离中，孤独是义务，孤独是正当的权利，孤独是有保障的。在我的生活中，这样天经地义的孤独多么难得。

今天从黄昏开始，我一直在读海子的诗。31年前的这个黄昏，海子躺在山海关附近的一处轨道上，让火车驶过了他的身体，那年他25岁。在我二十四五岁的时候，只要外出，就带一本海子的诗集，那些诗在我心中响过无数遍。海子最向往的地方，一个是青藏高原，一个是海南岛，因为都有热烈的阳光，因为被他看作是哥哥的梵高拥有阿尔的太阳。海子也像梵高那样，为了艺术炽烈地燃烧，将自己完成为一个太阳。海子曾两度来到高原，创作了许多抒情诗。因为他，高原成了我的梦想，从而使我和高原结下了特殊的缘分。

1988 年 8 月，海子在拉萨写下"远方除了遥远一无所有"，"远方的幸福/是多少痛苦"，还写下"草原的天空不可阻挡"。他写"西藏/一块孤独的石头坐满整个天空""没有任何泪水使我变成花朵/没有任何国王使我变成王座"。海子关于青藏高原的诗里经常用到石头这个意象，"我把石头还给石头，让胜利的胜利""羊群和花朵也是岩石的伤口"。他曾从高原带回去几块沉重的大石头，如今安放在他的墓前。

海子的诗句有一种魔力，甚至像是一种咒语。汉语在他那里获得了自由，获得了凄美、高贵和神性的力量。他创造了一个诗歌世界，一个强大的语言场，在那里，他是绝对的王。他的诗如歌谣般优美，又如利剑般刺痛人心。他的诗与其说是献给农耕文明的挽歌，不如说是对永恒事物的召唤，唯有这永恒的事物才能为人类照亮黑暗。

我一直把海子当成兄弟，如今我已经比他大 11 岁了。我二十四五岁的时候也如他这般消瘦，也如他这般赤诚，也如他这般热烈，可惜我天生愚钝，那时还没找到诗歌之门。如今我在世俗中越来越顾虑重重、如履薄冰，在这样的状态下，语言的使用自然平庸粗鄙，自由从何说起。

海子在中国政法大学教书时，工资并不算低，但他绝大多数都寄回老家和用于远行，因此日子过得十分拮据。有一次他想喝酒了，跑到饭店对老板说，我为你们朗诵我的诗，能不能给我酒喝。老板说，酒可以给你，诗不要朗诵。

也许是心态老了，我现在喜欢和年长的人交往，对于 20 出头的年轻朋友不是很信赖。但如果他走过来说：我今天刚写了一首诗，第一句是，目击众神死亡的草原上野花一片。我会给他一个大大的拥抱，我会说，兄弟，今天酒管够，咱们不醉不归。

3月27日　拉萨　晴转多云

　　解除隔离证明随午餐一起送到了房间。下午，所有人都迫不及待地出去放风了。我和同事走到布达拉宫，又走到大昭寺，在大昭寺附近的茶馆喝甜茶吃藏面，最后途经小昭寺路回到酒店。

　　拉萨的街头热闹依旧，虽然大多数人还戴着口罩，但已经感觉不到疫情的紧张气氛，只是布达拉宫、大昭寺、八廓街、小昭寺还未对外开放。

　　走出酒店，拉萨的感觉瞬间到来。雪一样洁白、火一样炽烈的阳光，远山的积雪和云层，湖水般湛蓝的天空，藏式的楼房以及楼顶的风马旗。这是梦一般的阳光，它所照耀的事物，穿着藏族服饰的老阿妈、街边卖杂货的店铺、白色的煨桑炉，都似曾相识。这是幸福的阳光，它如液体般轻柔地洒落在脸上、身上，慢慢地浸入心里，把点点滴滴的阴暗溶解。

而茶馆里的光线昏暗得就像古老的配方，阳光一缕缕透进来。除了我们似乎都是藏族人，大家三五成桌，一两壶茶，便足以聊上一下午。装茶的壶有大有小，分为几种规格。我们点的最大壶提过来时，大家纷纷猜测能倒多少杯。当最后一杯倒完，我们得到了答案：40 杯。

酥油茶起源于西藏，是用酥油、砖茶和盐加工而成，味道是咸的。酥油茶能驱寒暖身、止渴充饥，补充因缺少蔬菜水果所造成的营养不足，解决以肉食为主的腻滞，是青藏高原人们生活中重要的一部分。而甜茶是上世纪初从印度、尼泊尔传入西藏，用红茶加糖加牛奶煮成，味道是甜的。甜茶深受年轻人喜爱，还有一些不习惯酥油茶味道的游客，也往往会选择甜茶。但我更喜欢酥油茶，我觉得那才是高原的味道。

记得大学时看过一个叫《云水谣》的电影，有个画面一直深深刻在我脑子里，那是一个露台上的咖啡馆，坐在那里，大昭寺的金顶和高高的布达拉宫近在眼前，如梦似幻。对于一个向往西藏却从未到过那里的青年来说，这种诱惑是天堂般的。昨天夜里，我又专门把这部电影看了一遍，当再次看到那个镜头时，我发现背景中的布达拉宫和大昭寺金顶都是电脑特效。在拉萨确实有能同时看到大昭寺和布达拉宫的地方，但都没有如此震撼的视觉效果。可我并不觉得自己上当了，走在拉萨街头就会发现，那种作用于所有感官的真实的梦幻感，是电影镜头远远不能表现的。

拉萨是多少人梦想中的目的地啊。7年前的暑期，我从林芝采访回拉萨途中，沿川藏线进藏的骑行或徒步者，一度造成了交通拥堵。那几年流行这样一个段子：有几大俗事，骑行去拉萨便是其中之一。但我一直认为，这是一段浪漫而勇敢的旅程，无论多少人在做，都不至于落入俗套。我们大多数人终归要在平凡的生活中消磨时日，而有些经历能成为忍耐平凡的力量。

西藏是人们心目中的圣地，但西藏并非世外桃源。拉萨已经发展成一个越来越现代化的都市，在这里，什么都无法逃避。决定我们人生的不是故乡或远方，不是此处或别处，而是自己内心真正的渴望。转山转水转佛塔，读万卷书行万里路，锅碗瓢盆柴米油盐，都是修行。修行一生有所成者，就是在自己内心点了一盏灯，将之照亮。我们说：他活明白了。

3月28日　拉萨　晴

　　我们住的酒店位于拉萨著名的五岔路口西北角上，周边商业繁华，到了周末更是人声鼎沸。上午，我们沿北京东路走了个来回，两侧商铺、饭店密密麻麻，特别是朵森格路口附近，如果不是因为天空那么蓝，白云那么低，阳光那么亮，光看那些招牌，会觉得身处内地某个发达城市的商业街区。

　　北京东路往南，联通八廓街的冲赛康是西藏最大的小商品集散地。这里80%的商品来自浙江义乌，被称为"雪域高原义乌"。冲赛康还是著名的流动古玩市场，这里有来自西藏甚至全国各地的商人，他们或者站在路边，或者慢步走动，脖子上、胳膊上大多挂满了佛珠和各种饰品：蜜蜡、松石、珊瑚、天珠。交易时，或者很多人围拢成一个圈子，或者两个人面对面，大家声音都不大，有种神秘的感觉。

10年前，我在这里闲逛，一位藏族老兄察觉到他身上那些新佛珠没能让我眼睛发亮，便小声地神秘地说："老珠子要不要？"他从脚下一个盒子里拿出一串深棕色、色泽明显没那么"贼"的扁珠子，"牦牛骨的，要不要？"到拉萨来，怎么能不带串佛珠回去呢？那几天我在酒吧里遇到几个从内地来做类似生意的"藏漂"，年龄都不过二十几岁，每天都换一串老珠子挂在脖子上，让我很羡慕。但我知道价格不菲，从未询过价。

当时我试着问了句："这串多少钱？"

那位老兄说："400。"

"便宜点吧。200怎么样？"我试着砍价。

"太少了，300。"老兄捍卫着他的利益。

"280。"我或许喊高了。

"300。"老兄依然坚持。

"280。"这次我语气坚定了很多，那意思是你再不卖我就走了。

"280就280吧。"老兄一副亏了大本的样子。

付完钱我很得意，马上把那串珠子挂在脖子上，心里还窃喜：我也会砍价了，这下捡到宝了。因为种种迹象表明，我买到的是真货。第一，他神秘地小声地问我要不要老珠子。第二，他是从脚下盒子里拿出来的，那盒子肯定很少打开。第三，这珠子看上去确实不是新的。第四，280元的价格虽不算高，但也不便宜，这样的新珠子也就28元。

　　我脖子上挂着那串珠子，感觉自己一下牛了起来，就像是进入了"老珠子俱乐部"，我甚至感觉别人看我的眼光都不一样了——瞧，这个人，有一串老珠子，懂行，有品位，肯定不是初来乍到。晚上我又遇到那几个贩卖藏饰的"藏漂"，让他们帮我鉴定一下，他们都是先拿在手上掂量掂量，然后都问我多少钱买的，当我说出价格后，他们的脸上都有些藏不住的笑意。没有人告诉我真假，其中一个说：喜欢就好。那哥们当天晚上异常开心，听说他成功地以2万元的价格卖出了一串珠子，他决定去好一点的宾馆开个房间，好好洗个澡。

　　那串珠子至今还在我家里，回北京后不久，我还戴着它去了次雍和宫，作为对拉萨的想念。之后我把它装在一个袋子里,再也没拿出来过。不过有一串绿松石的手链我一直戴在左手腕上,10年来从未取下。那是我在大昭寺二楼的柜台买到的,将它递给我的是大昭寺的喇嘛。

也就是从那些年开始,不知怎么突然兴起藏式佛珠热,凤眼菩提、星月菩提、金刚菩提,各式各样的菩提子价格飙涨,把尼泊尔的相关产业都带动了起来。大家仿佛突然发现佛珠是百搭的饰品,可以挂脖子上,可以拿在手里,可以缠在手腕上,和人说话时还可以一边把玩一边故作深沉,显得有内涵,很特别,很神秘,比大金链子强多了。

7年前,我第二次到大昭寺,买了一串黑檀木的老佛珠,点缀着绿松石、蜜蜡和琥珀,价格1500元。当时我一眼就看到了它,给人一种安详的感觉,特别喜欢。回到北京我一直珍藏在家里,从未带出去过。后来妈妈患病,我带回老家,送给了她。患病期间,佛教是妈妈的精神寄托。妈妈弥留之际,我把那串佛珠放在她枕头下面,希望能带给她安宁。现在那串佛珠被我装在一个木盒子里,和妈妈其他的遗物安放在一起。

去年，我第三次到大昭寺，依旧去二楼的柜台看了看，依旧摆满了各种佛珠和手串，但我没有任何要买的念头。我想，如果不是用来念经计数，我买串佛珠做什么呢？

3月29日　拉萨　晴

　　昨天睡觉前，手机软件提示，我走了近两万步。这为我带来一个好觉，一夜未醒。今天早晨，云又不知跑哪去了，太阳孤独地在窗外等我。连续两天外出，我的脸已经晒得有高原红的迹象了，这很好。

　　酒店大堂的书架上，摆了很多关于高原的书，我抽出一本西藏地图翻看。我喜欢看地图，在最向往远方的时候，家里那本中国地图不知被我翻过多少遍，看每一个省、每一个城市，那些山脉、河流、湖泊、草原的名字，都是多美的名字啊，喜马拉雅、南迦巴瓦、呼伦贝尔、玛旁雍措，光是念这些名字都令我心醉。这些魂牵梦绕的名字，影响了我一些人生的选择，以至于我这些年都在经常出差的岗位，给了我亲近他们的机会，多么幸运啊。

如今，那些我到过的山川，提起他们的名字，都会有一种亲切感，仿佛在说我的朋友，甚至我的亲人。他们都是有灵的，我一直认为南迦巴瓦是个阳刚英武的小伙子，秦岭是个漂亮灵巧又重情重义的姑娘，珠穆朗玛是慈爱的母亲，冈仁波齐是宽厚的父亲。如今，祖国的版图上还有一些名字让我心驰神往，比如贡嘎，比如巴音布鲁克，比如武夷。

余光中在美国留学期间写下几句诗令我共鸣：一个中国的青年曾经/在冰冻的密西根向西瞭望/想望透黑夜看中国的黎明/用十七年未餍中国的眼睛/饕餮地图，从西湖到太湖/到多鹧鸪的重庆，代替回乡。在我最思念故乡的时候，假期里在故乡的新华书店买了张单县地图带到北京，也时常饕餮地图，代替还乡。

来西藏前，一天晚上，我们一家三口在电脑上看一部叫《星际探索》的电影。开片不久，男主人公在空间站外面例行检查维修，背景是旋转的地球，其实就是电脑特效做成的地球影像图快速掠过。突然，一个我再熟悉不过的蓝色图案，一个我曾经想过纹在身上的蓝色图案出现在我眼前，紧接着，又一个熟悉的图案。我立刻大叫一声，暂停播放，倒退影片。我告诉妻和儿子，这是中国的青藏高原，这是青海湖，这是羊卓雍措。

最让我心心念念的，还是高原的湖泊。那时我20出头，受海子诗歌的影响，加上自己对高原太多美好的想象，青海湖一直是我心中第一目的地。我做过一个梦，下雪的冬天我站在北京的车站等车，上了车，广播里说：前方到站，青海湖。我的心一下狂跳起来。车行驶了一会儿开始慢慢下沉，竟然沉入水里，我想这就是青海湖底吧。突然窗外出现蓝天白云，炽热的阳光照耀着大片的油菜花田，多么温暖明亮啊。我还看到很多认识的人，有亲人、朋友，还有儿时的伙伴，他们都远离痛苦，幸福快乐。前方到站，青海湖。

做了这个梦不久，24岁那年秋天，我利用国庆假期和今生第一个年假，独自一人背上大大的登山包，来到西宁。我永远不会忘记去青海湖的那个早晨，我坐在西宁汽车总站的一个检票口前，立着的牌子上写着：前方到站青海湖。

我用9天时间沿顺时针方向绕青海湖走了一圈，从南岸的青海湖渔场出发，又走回青海湖渔场。脚上磨出水疱，我夜里就用针挑破，拿碘伏消毒，第二天接着走。我住过湖边的帐篷，住过草原上牧民搭建的简易木房，住过招待所。我无法形容青海湖，因为我纵使大费笔墨描写一个绝美的景色，用上我所能想到的词汇和比喻，也无法描写出青海湖美丽的千分之一。我一路都在问自己：这世上究竟有多少种蓝色啊？当我即将返回起点，画一个完整的圆，从109国道向青海湖渔场走去时，忍不住放声大哭。

这个圆，圆了我的梦。当我有幸得到一个天堂般的梦境，我多么怕它消失，我多想做些什么来表达对它的珍视。但我能做什么呢？我能想到的唯有以苦行僧的方式绕它行走。我有时想，在人一生中最重要的时刻，语言表达都是不可靠的，至少是不足够的。语言只有在将这时刻内心化、抽象化之后，才能完成一定程度的表达。而在彼时，最真实最可靠的表达是眼泪、是肢体动作。那眼泪、那肢体动作其实是内心涌现而尚未被说出的语言。

我在玛旁雍措见过最美的黄昏，萋萋的红草滩，仿佛沉淀了无数个天空的湖水，通体雪白的纳木那尼女神，层层隐现的云朵，精灵般的飞鸟，那一刻，除了我和她，世间无一人，脑中无一物。与她相对望的，便是纪念碑、墓碑般无上庄严的冈仁波齐。

当我第一眼看到纳木措时，汽车刚刚转过一个垭口，车上的人同时发出一声"啊"的惊呼，都被她散发出的光芒惊呆了，那不像是世间物质所能发出的色彩。纳木措和她身旁连绵的念青唐古拉雪山相依相偎，交相辉映，神这位伟大的艺术家，创造出这幅画面时一定也颇为得意。

而羊卓雍措像是个鬼灵精怪的女孩，每一眼，只能看到她的一个局部，必须走近她，了解她，才能真正体会到她的美妙之处。我有幸在朋友的带领下，深入羊卓雍措鲜有旅游者去过的几个湖岸，她时而热烈，时而纯真，时而梦幻。朋友说，三年来，他一有时间就到羊卓雍措去，可每次都能看到新的模样，羊卓雍措永远都看不够。

佛教里讲因缘、遇合。她们，我此生得见一次便已感恩命运。我记住了她们的光芒，她们的体温，她们的轮廓。她们的名字唤起来就感到甜蜜，唤起来，我仿佛就拥有了一切。

3月30日　拉萨　晴

今天我要记录在拉萨的一顿酒，它是真实发生的，它发生在过去，发生在现在，也发生在将来。

那是一个藏餐馆，藏族朋友请我们吃藏式火锅。走进去，发现有很多不同的通道，每一个走到头，都是一片开阔的餐饮空间。我们选择了其中一个，中间是一百多平方米的大厅，摆了四五张桌子，左侧是三个半封闭的隔间，右侧是一个楼梯，通往二楼的包间。我们4个人坐在一个隔间里，藏族朋友点了一箱24瓶青稞啤酒，点了火锅、涮菜。火锅还没上来，他先以地主的身份分别敬我们。所谓"三口一杯"，即三口加一杯，倒上一杯酒，你喝一口，他倒满，你再喝一口，他再加满，再喝一口，再斟满，最后一口干了。有的人不知道规矩，第一口就干了，那么还有第二杯、第三杯和第四杯。

火锅上来后，我们一边大快朵颐，一边觥筹交错。时不时被旁边巨大的拍桌子声响吓一跳。藏族朋友说，没事，他们在玩骰子，一会儿你们就习惯了。进来时不到 8 点，天还没黑。吃着吃着眼看 10 点了，可感觉天一直亮着，并且阳光明媚。往外面一看，原来一百多平方米的大厅天花板上，密密麻麻排列了 60 个日光灯管，它们的作用或许就是一直给你现在还是大白天的错觉，把夜晚变成白天，这真是夜生活一种独特的方式。

喝到 11 点左右，24 瓶酒快喝完了，大家都有几分醉意，觉得这场酒局差不多该结束了。这时，一个高大威武，肚子有孕妇那么大的藏族汉子突然站在我们隔间门口。我的朋友看见他，两个人同时发出老朋友不期而遇的惊呼。那人喊服务员又搬来一箱 24 瓶青稞啤酒，满脸笑着对我们点头致意。朋友一个个介绍，介绍到我时说，这是桑丹多吉（我的藏族名字就是他几年前起的），转过冈仁波齐。他露出钦佩的表情在我身旁坐下，轮流敬我们酒。他和我的朋友隔着我聊天、碰杯，从他们的谈话可以知道，那壮汉是康巴人，他的哥哥和我的朋友曾是同事，他和我那朋友其实没有太多交集。他俩一人摸着我的左腿，一人摸着我的右腿，聊天、碰杯，仿佛通过我的身体可以传递他们的情谊。他和我的朋友在彼此碰杯的同时，也不停地敬在座的每个人酒，到口必干。不一会儿，空瓶子又摆了一桌。

就在这时，从楼上下来两个上厕所的人，看到我那朋友，笑着喊着走过来。他们也让服务员搬来一箱24瓶青稞啤酒，加入了我们。也是一圈一圈地敬酒，派烟，随便聊些什么。朋友介绍我时依然说，这是桑丹多吉，转过冈仁波齐，于是我不可避免地又被多敬了几杯酒。

这时，酒局已经变成了一场狂欢。大家并没记住彼此叫什么，也可能一生都不会再见面，没关系，这不妨碍大家哥哥、弟弟、妹妹地叫着，一杯一杯地干着。就像是泼水节，我把水泼向你只是为了开心，只是为了祝福你。

不知不觉到了凌晨，"阳光"依然明媚，在大厅路过的人都开始晃晃悠悠，但都面露笑意，神态满足，如神仙一般。我身旁的康巴壮汉对我说，你看我这肚子，就是喝酒喝的。我说快乐就好。他突然说，人不可能天天快乐啊。接着又吆喝着端起酒杯，爽朗地大笑。

　　凌晨2点时，酒局终于结束了。我们走出隔间，大厅里依然热闹非凡，笑声、拍桌子的声音不断。来到饭店大堂，依然看到不同的通道通往不同的厅子和若干个酒局。外面已悄悄飘起了雪。

　　这顿酒是真实的，它可能发生在拉萨，也可能发生在任意一个地方或者天堂。

3月31日　拉萨　晴转多云

今天早晨被微信提示音吵醒，记者群里中央新影摄制组的导演发信息，说组员李锐川因身体不适合高原工作离开摄制组，即将返回北京。

我起床拉开窗帘，打开窗户，突然听到凄厉的狗叫声，一声，又一声。视线中，一个人正奋力地沿河岸奔跑，我顺着他跑的方向寻找，原来一只狗落水了，拼命挣扎，却怎么也爬不上岸。那人跑到狗旁边，双膝跪地，把手伸向狗，像是发出某种邀请，等待那只狗的答复。过了大概十几秒钟，那只狗终于信任地把前肢交到他手中，他身体后仰，用力把狗从河里拉上了岸。上岸后，狗就跑进树丛里不见了。他站起身，甩甩手上的水，向酒店的方向走来。

我用手机拍下了这一幕，发给同事，同事告诉我，这就是李锐川。他当时跑向那只狗的速度，在北京并不足为奇，但在高原，如果换成我来跑，肯定会晕眩。在他身体不适的情况下，却为了另一个生命如此奔跑。最让我动容的是他没有任何犹豫，双膝跪地，背景正是拉萨清澈的天空和布达拉宫。他跪向生命，跪向善意，生命和善意都是宇宙中的奇迹。

　　今天我没出酒店，有很多采访工作需要和国测一大队对接。解除隔离后连续三天，我们都出去在拉萨街头散步。我拍摄下各处藏式楼房上的风马旗和那些在路上遇到让我怦然心动的画面，剪辑成一个小视频，起名拉萨飞扬。可有些街道，并没有让我举起摄像机拍摄的念头，因为它们像北京一样，像上海一样。有一次我们坐出租车回酒店，司机一路都在说，拉萨的商业味越来越浓了。这一点，只要来拉萨，你就能感觉到。这些好像并不符合人们心目中"圣城"的印象。可这座城市里生活着多少像我们一样的人，和我们一样要为生计奔波，和我们一样对现代化的生活充满渴求，和我们一样希望亲人能拥有幸福和安逸。我们常说，不能道德绑架，其

065

实也不能"信仰绑架"。我不认为信仰必须通过某种仪式或形式来表达，除非是内心真正感到非如此做不可。磕十万长头是虔诚，出家为僧是虔诚，勤劳善良地生活，过好自己的日子，把光明和善意装在心中，同样是虔诚。拉萨街头，依然有那么多双澄澈的眼睛，那么多安详的面庞，那么多令人感动的背影。真正的虔诚，永远不会因外界而改变。

去年来采访时，我听说拉萨新区的楼盘供不应求，房价一涨再涨。因为买一套房子，落下户口，高三把学籍转过来，孩子就能在这里参加高考，享受比内地低得多的分数线。不只是拉萨，西藏在追求"跨越式发展"过程中，不可避免会产生一些可供投机的机会。可如果不发展呢？前段时间新闻报道中，那些为了上网课而长途跋涉的藏族孩子们，他们就应当这样吗？

但我希望，西藏的发展，能更多地尊重朴素的自然观，用那种把自然万物看作神灵的眼光，敬畏自然，有取有舍。这不仅是对人类一片精神净土的保护，也是对地球生态安全的保护。

在北京时，只要开着窗户，没两天，到处都是一层灰尘。没想到，在拉萨的酒店里，灰尘同样光临。尘埃无处不在。可若心中清净，何处惹尘埃？

4月1日　拉萨　晴转多云

　　今天，通过采访专家和查阅资料，我对珠峰高程测量又有了一些新的了解。

　　高程是测绘学中的一个名词，就是我们平时所说的海拔或高度。如果我们测得一座山海拔 2000 米，那么哪里是 0 呢？我国境内高程 0 刻度，也就是所有高程的起算面，是黄海海水面。

　　大多国家和地区都选取海水面的平均位置作为高程起算面，通常在沿海地区合适的位置设立若干个验潮站，对潮汐进行长期观测，并记录海面位置。我国在民国时期也设立了多个验潮站。20 世纪 50 年代初，总参测绘局经实地考察，认为青岛验潮站位置适中、地壳稳定、交通便利、设备较好，确定以青岛验潮站多年验潮资料推算的平均海水面，作为国家高程基准面。1954年12月，总参测绘局在青岛观象山建成中国水准原点。20世纪80年代，我国采用青岛验潮站1952—1979年的验潮资料，以计算得出的新的黄海平均海水面为零点，建立了1985年国家高程基准。这次珠峰高程测量，也是以黄海海水面作为起算面，但并非从青岛开始重新测量，而是以几代测绘工作者构建和维护的国家高程基准网为基础，从日喀则的国家深层基岩点开始测量。

中国测绘科学研究院大地所所长党亚民，对珠峰高程测量的历史了如指掌。他在回复我们的问题时说，我国最早在1708年就对珠峰地区开展了测量工作。1708年和1711年，康熙皇帝颁令绘制地图，两次派人进入西藏，1719年制成的铜版"皇舆全览图"上，明确标注了珠峰的位置。当时没有电视、没有网络，西藏是多么神秘的地方，测量人员进入这片高原，无异于对新世界的探险，当他们看到喜马拉雅的那些雪山时，他们是怎样的表情，又发出了怎样的惊叹？

1975年5月27日，我国首次将测量觇标立于珠穆朗玛峰顶，精确测得珠峰高程为8848.13米，这一数据由我国政府对外发布，得到全世界的公认。2005年珠峰高程复测采用了GPS测量、峰顶冰雪层雷达探测等现代测量技术，结合水准测量、三角高程测量、电磁波测距、高程导线测量等经典测量方法，测定珠穆朗玛峰顶岩石面海拔高程为8844.43米。

近30年来，随着卫星导航定位技术的广泛应用，世界各国的科学家也开展了珠峰高程测量的科学研究，他们在登山队的帮助下，通过卫星导航定位接收机测量珠峰高程，经过简单计算，就对外宣称自己获得了最新的珠峰高程结果。实际上，通过这种快速测量方式获得的结果，只能认定为科学研究成果。因为这种测量方式只抓住了珠峰峰顶测量的环节，却忽视了将其归算到海拔起算面这个重要的环节，因此精度有一定局限性，也不具备权威性。

2015年尼泊尔发生8.1级地震，对珠峰的高度肯定会有影响，综合国内外研究成果，目前比较一致的看法是尼泊尔地震使得珠峰高度降低了2.5~2.6厘米。但是这些研究都是通过临近珠峰的监测点数据推算，或者通过卫星遥感方法获得，是一种间接成果。只有实现珠峰峰顶的直接测量，也才能准确获取珠峰最新最准确的高程。

我们的这次测量，除了珠峰高程，还将获得珠峰地区最新高精度大地水准面模型，开展珠峰地区地壳形变和冰川时空变化特征分析，能帮助人类更好地了解珠峰，保护珠峰地区生态环境。

党亚民说，珠穆朗玛峰本身是印度板块与欧亚板块发生碰撞，导致喜马拉雅山脉和青藏高原隆升而形成的，根据地质学观点，这种隆升趋势目前虽已变缓，但仍在持续。因此，珠峰高度整体的变化趋势应该是升高的，当然，这种变化是以百万年为时间单位的。

之前在羊八井基地训练的测绘登山队员明天就要回到拉萨了。初步定于 4 月 5 日举行出征仪式，仪式后，我们就要出发前往珠峰大本营了。虽然我只是被口头任命的记者队领队，但如今记者们和陕西测绘局、国测一大队的联络人都喊我王队，这让我感到压力。这几天，各种需要协调的事情不断，我承认这并非我擅长。今天正在联系采访测绘登山队员的事宜，已经快晚上 10 点了，我还在等国测一大队的负责人回来和他商议。

但不得不说，国家使命感，是一种很好的感觉。

4月2日　拉萨　晴转多云

上午天气晴好，艳阳高照，过了中午，天空就堆满云层，阳光被遮挡，黄昏前，风起，把云层吹散，太阳开始谢幕演出。连续几日，拉萨的天气都是以如此规律变化。

连续几日，一到下午5点多，楼下本没有几辆车的停车场就拥挤起来，不仅车位都停满，通道上也临时停了车。其中不乏沃尔沃、奔驰、路虎这样的豪车。一开始我还纳闷，这酒店生意怎么突然好起来了？餐厅并未开始营业啊，这么多拉萨本地人，这个时间集中来酒店干什么呢？直到看见那些穿着校服、背着书包的孩子跟着家长坐上车，我才恍然大悟。在我窗外小河弯曲的地方，一道矮墙的那边，就是拉萨市实验小学。本周一，拉萨的学校全部开学了。

今天上午，和国测一大队项目部主任柏华岗见面。他负责目前在拉萨的统筹协调工作，我们商量了一下出发前的采访安排，我还向他请教了关于这次珠峰高程测量困扰我的几个专业问题。柏华岗今年四十来岁，皮肤稍黑，留着小胡子，说话声音较大，不拐弯抹角，身上带着一种豪爽的感觉，和我接触过的很多长期在野外工作的地质队员很像。2005年珠峰复测，柏华岗和任秀波都还不到30岁，作为测量登山队员，他们在海拔6500米的前进营地足足住了40多天。5月21日，他们冒着风雪攀登到7790米营地待命，在那里创造了重力测量的世界纪录。22日，A组队员成功登顶，由于天气不允许，他们作为B组队员，失去了登顶的机会。2015年，我跟随中央媒体采访团到国测一大队采访，第一次见到柏华岗等几位当年的测量登山队员，听他们讲述珠峰的经历，觉得他们做了一件了不起的事，打心眼里佩服。今天再见到柏华岗，同样觉得他身上散发着光芒，这光芒来自他在那段珠峰岁月中表现出的勇敢和坚毅，在我看来，这光芒足以笼罩他一生。

今天，任洪渊老师打电话来，让我帮他订些食品。春节过后，任老师就一个人住在北京师范大学的家属楼里。那时新冠肺炎疫情正严重，大家都闭门不出。任老师起初还到校内菜市场去买菜，我建议他不要冒险。每隔一周左右，我就根据任老师的需要，通过手机上的外卖软件给他订一次食品。疫情期间，外卖骑手不让进小区，只能自己去门口取，因此不能订太多，提不动。疫情期间，很多商品还缺货，每次都不能完全满足需求。大多是这样：鸡蛋 10 枚、西红柿 4 个、黄元帅苹果 4 个、黄瓜 1 盒、小油菜 1 盒、云吞一袋、水饺一袋，有时会订 1 箱牛奶，偶尔订 2 斤排骨、1 包方便面。

今天，任老师说，经过协商，某物流在校内开设了一个取货点，可以存放三天，方便随时去取，让我查查走这个物流的有没有合适的食品，比如香肠之类。"最近总是有饿的感觉，身上也没过去有力气了。"听到一个 83 岁的老人说出这句话，我非常难过，也非常自责。我赶紧查了查，给任老师订了两包广式香肠，告诉他有什么需要随时给我打电话。任老师说："我们对谈的稿子，你方便时整理出来，让你夫人给我寄过来吧，不着急。"

任老师说的稿子，我已经整理好发给妻了。也是从春节后开始，我和任老师每天下午通两个小时电话，谈他的诗。我谈我的感受，他谈创作过程和与之相连的思想。我们是为了在居家隔离期间找点事做，不至于把时间都浪费掉。我们计划谈 12 首诗，形成 12 篇文章，每篇大概四五千字。刚谈了 4 首，我就到西藏来了。因此，任老师打算利用我在西藏的时间继续他的自传写作，并且先把这四篇对谈基本定稿，剩下的等我回去再谈。

我和任老师在 2010 年初冬的一个诗歌活动中相识，快 10 年了。从那时起，我就被他的语言和思想所吸引。由于任老师不用电脑，10 年来，他的写作都是先写在白纸上，再由我录入电脑。大多数是在他家里，他看着手稿一边念、一边讲，我一边往电脑里敲。在北京，我们大概一个月见一两次面，我先到他在北师大的家里，整理文稿或者闲谈，然后我们一起去下馆子。我们轮流请客，每次都是点三四个菜、两瓶啤酒。任老师总是记得很清楚，如果轮到他请客了，我抢着结账，他是绝对不会同意的。

任老师总是充满激情，经常说着说着就激动起来，妙语连珠。有时他会把刚写的诗读给我听，每当这样的时刻，他俨然是一个青年，浑身闪耀着光芒。任老师一生坚持自己的高贵，远离名利场，不屈膝、不媚俗，从未写过一个让自己脸红的字。可他的语言天才又是那样的无法遮蔽。如今中国的诗人都对他尊敬有加，可他语言的真正魅力、他的思想远没有被大家所认识。也许是因为太高太冷了吧。希望这一系列对谈，能让更多的人了解这样一个重要的诗人、语言学家、思想家。希望任老师身体健康，等我回去再续我们的师生之谊。

我们常说，伟大的艺术品都拥有神性的光芒。而对一个人来说，在某些瞬间闪耀的神性光芒，是他所能拥有的最高奖赏。

4月4日　清明　拉萨　雪转晴

清明的凌晨，拉萨大雪纷飞。

早上起来，那些雪花都变成了阳光，仿佛根本没下过雪，仿佛那只是一场仪式。

早上起来，我洗漱干净，穿戴整齐，在窗台上点了三炷香。昨天我出门去买了香，那个牌子的藏香是妈妈生前我一直买给她的。妈妈在客厅的窗台上供奉了一尊陶瓷的观音菩萨像，每逢初一、十五早晨，都会点三炷香。不知她从哪里买的香，味道有些刺鼻，我说我给你买质量好的藏香，味道好闻，还有安神的功效。

妈妈生病期间，我利用一切机会回山东老家，每次陪她两三天，再回北京工作。每次临走时，收拾好背包，放在门口，我都要在菩萨前点三炷香，磕三个头，心里默念：请保佑妈妈平安。妈妈或者坐在客厅的沙发上，或者站在一边看着我，她知道我在拜什么。然后我们各自忍着泪水，强装欢笑地告别，妈妈送我到门口，我说快进去吧，坐上火车给你打电话。我必须快速转过身去，不能让她发现我的眼睛红了。

有一次点香时，妈妈走过来对我说，香头不要朝下，那是对菩萨的不尊敬。从那以后，每次点香我都会想起妈妈说那句话的神情，都会注意让香头朝上。爸爸和弟弟没有佛教信仰，妈妈走后，他们决定不再供奉那尊菩萨，但又不知该如何安置。我在北京的住所面积很小，左思右想，都找不出一个可以供奉菩萨的位置，又不能随意摆放，又不能关在柜子里。

但我想，我可以送到寺庙。于是我把那尊菩萨用毛巾和塑料泡沫包好，背到了北京，又背到了单位附近的广济寺。我到大雄宝殿后面办理皈依登记和居士们开展佛教活动的地方，小心翼翼地问工作人员家里有尊菩萨暂时没条件供奉，可不可以放在这里流通？他接过了那尊菩萨，放在一张桌子上。我一边离去，一边不断地回头望。当我离开大概50米，再回头时，看到他把菩萨抱起来，往屋里走去。我目送他，目送那尊菩萨，当他和菩萨就要消失在我视线中，仿佛载着妈妈遗体去火化的灵车消失在路的拐角，那时我曾撕心裂肺地喊：妈妈，再见。而此时，我有强烈的冲动想跑过去，向他道歉，把菩萨要回来，但我紧攥拳头克制地站在原地，没有那样做。

昨天，定居济南的两个发小陈伟和石岩，开车回单县扫墓，石岩为他的妈妈，陈伟为他的奶奶。我们那个县城，已故之人大多安葬在城东的公墓里，很多人生前是邻居，死后还是邻居。下午5点，石岩给我打电话，说堵车异常严重，上午10点从济南出发，现在还没到家，说只记得我妈妈墓碑的大概位置，忘记哪一排了，他们要替我去祭扫一下。我很肯定地说永安区18排。快7点时，我估计他们应该祭扫完了，就给石岩打电话，谁知他们刚刚走进公墓。快8点时，陈伟打来电话，他们几乎把公墓的第18排找了一遍，也没看见我妈妈的墓。我突然反应过来，不对，不是第18排，而是永安区第27排18号。我竟然连妈妈墓的位置都记错了。

找到时，天已经黑透了，他们把我妈妈的墓碑仔细地擦干净，献上一个花篮，烧了纸钱。我心里充满深深的感激。应我的请求，他们拍了照片发过来——我摆在妈妈墓碑前的小石头和贝壳都还在。那些小石头和贝壳是我在全国各地捡的，有漠河的，有吐鲁番的，有羊卓雍措的。妈妈去过的地方不多，我想把我去的地方都带到她墓前。自从上次之后，我又捡了许多其他地方的小石头，等完成这次任务，我会连同珠峰的石头一起献给她。如今，我每次都捡两块，其中一块留在北京的家里，我相信在同一个地方捡的石头即使分开，也一定会有神秘的联系。

这两天，在林廓路上转经的人成群结队。拉萨的转经路线，在大昭寺内环绕一周叫囊廓，绕大昭寺为中心的区域一周叫八廓，而绕整个拉萨老城区一周叫林廓。转经者中有青年男女，有和父母牵着手或跟在父母左右的幼童，有在婴儿车里的婴儿，有白发苍苍的老爷爷、老奶奶。他们朝着同一个方向，神态安详，目不旁顾。有一段路，我不得不逆行经过他们身旁，觉得自己的行为是一种冒犯，满心歉意。似乎在那一刻，他们朝向信仰的方向才是唯一正确的方向。

用一段理所应当的时间，停下所有其他事情，转经或者回乡祭扫，从功用的角度看，似乎不会在现实中带来什么，只是指向内心和灵魂。而所做的事能够指向内心和灵魂，就是幸福和满足本身。

那些年，我清明回乡，火车驶过华北平原，窗外的麦田潮湿而青绿，麦田里有无数的坟丘。桃花、杏花和梨花都开了，还有更多的花朵在地平线那边，等着漂移过来。

4月5日 拉萨 雪转晴转多云

又是一个洁白的早晨。酒店楼下的几株腊梅，雪花和梅花同时绽放，宛若一幅水墨画。

上午9点半，2020珠峰高程测量出征仪式在西藏自治区自然资源厅办公楼前举行。我们达到自然资源厅时，依然飘着雪。而就在仪式开始前几分钟，雪停了，阳光照耀在身穿橙红色队服的测量登山队员身上。这是我第一次见到他们，一个个挺拔健壮、英气逼人。

仪式以雪山为背景，安排得很紧凑。自然资源部国土测绘司副司长陈军宣读了库热西副部长的寄语。西藏自治区自然资源厅党委书记王刚和陈军分别致辞，为队员们献上祝福。国产测绘仪器厂家华测导航和天海达向国测一大队赠送 GNSS 测量仪器。测量登山队员列队宣誓，他们声音高亢整齐，展示出必胜的决心。西藏当地有关领导向队员们逐个献上哈达后，陈军为测量登山队授旗，并宣布 2020 珠峰高程测量登山队伍出征。队员们身披洁白的哈达登上贴有珠峰高程测量标识的"战车"，在一片挥手与注目的祝福中，开启了珠峰高程测量的征程。他们计划在日喀则市、定日县城各停留一晚，7 日抵达珠峰大本营开始适应性训练。

目送他们离去时，我心里激动不已，恨不得也与他们同行。我迫不及待地想了解他们每一个人，聆听他们的故事，记录他们的精彩瞬间。为了这段豪迈的征程，我们已经准备了太久。

自然资源部宣教中心副主任、珠峰测量宣传第一阶段前方指挥陈兰芹，昨天下午抵达拉萨。出征仪式一结束，她就召集所有记者和陕西测绘局媒体保障人员开会，强调宣传纪律，商议下一步报道计划。目前，国测一大队正在珠峰周边紧张地开展重力测量和水准测量等基础测量工作，珠峰大本营、二本营营地建设进展顺利，测量队员正在进行体能训练并勘查确定 6 个交会测量点的位置。为了暂时不打扰他们前期的正常工作，记者队伍将在适当的时间前往定日县和珠峰大本营。

GNSS测量是这次珠峰高程测量的一个重要手段。GNSS全球卫星导航定位系统，是对北斗、GPS、GLONASS、Galileo等卫星导航定位系统的整合，能够实时获得某一点的坐标和高度等地理信息。下午，我们采访了为本次登顶测量提供国产GNSS测量仪器的华测导航副总裁胡炜，他十分期盼国产仪器能够登顶珠峰测量。而在珠峰峰顶，最低气温可达-45℃，气压只有30kPa（正常情况下是101kPa），设备面临着低温、低压的双重考验。在这样极端的环境中，测量队员穿着厚厚的防寒服、戴着厚厚的手套，加之缺氧，如何让设备操作最简单、最可靠，都是极大的挑战。并且峰顶测量必须确保一次成功，没有重测的机会。

为了确保设备在低温、低压环境下能正常、稳定地工作，他们从元器件到配套的线缆、配件，均选用高质量等级的宽温产品，定制了专用接口的耐低温锂电池，反复进行各种环境测试。为了便于测量人员操作，确保设备在攀登过程中不受跌落影响，在操作过程中不出错，他们还对设备的前、后面板采用加固防护设计，减少了多余的接口。

目前，国产 GNSS 设备各方面的评测都不比进口的差，唯一让人担忧的是，国产仪器从未在珠峰峰顶使用过。而近几年美国品牌 Trimble 的测量仪器已经至少 4 次经受过峰顶的考验。

据我了解，自然资源部对国产仪器充满信心，提出要首选国产仪器。国产仪器担纲珠峰高程测量将创造历史，对我国测绘装备制造业具有里程碑意义，能够增强民族自豪感，促进产业发展。目前华测导航和天海达的设备都已提供给国测一大队使用，最终哪个仪器能够登顶测量还是悬念，一切都要依据最终的测试和使用情况。希望国产仪器能够不负众望。

而上午见到的那些测量登山队员，或许只有一半，甚至三分之一能成功登顶。哪怕大家都攀登到 7790 米，最终谁上谁不上，能上几个人，也要根据当时每个人的身体状况和天气情况临时决定，这次测量不是探险，确保每个人平安和确保完成任务同样重要。究竟几人能登顶？专业测绘队员能不能史无前例地登顶？也都是悬念。

4月7日　拉萨　雪转晴

这已是我来拉萨的第 22 个夜晚了。除了 2012 年跟随海洋六号船到太平洋科考，我单次出差从未这么久过。回想到拉萨的第一个夜晚，似乎过去了好久，又似乎近在眼前。心有焦虑，期盼出征。

今天又在一场雪中开始，藏历铁鼠年二月十四。藏历二月被称为苦行月，我未苦行，却用大部分时间在宾馆的房间里磨炼心性。

今天，测量登山队正式入驻珠峰大本营，从前方传回的照片看，他们在稍加平整的乱石地上搭建了二十几个黄色小帐篷，两个一排，颇为壮观。大本营本来是有大帐篷的，但队员们为了适应 7028 米以上营地的生活，从一开始就选择住在小帐篷里。

今天傍晚，国测一大队最后一批人员也抵达拉萨，这意味着各项工作将全面展开。其中就有这次宣传工作的协调人，他们来了，或许我们就离出征不远了。我们所有的采访都以不影响测量登山活动正常进行为前提，所以，何时采访，去哪里采访，都需要国测一大队根据工作进展统筹安排。这一点，我非常理解。

今天收到了报社寄来的两张上网卡，拆开快递的大信封，里面一个小信封，上面印着中国自然资源报社。这种信封平时经常看到、用到，但此刻拿在手里，看着那几个字，我突然感到一种温暖。出门在外，想到自己有着强大的后援，心里不由得充满力量。

据说珠峰大本营有 4G 信号，我们通过移动路由器和上网卡，将 4G 信号转化为 Wi-Fi 信号，便可以连接各种设备，传输图片和视频资料。而 15 年前那次珠峰测量，大本营没有任何信号，对外通信只能依靠昂贵的海事卫星电话。信号是多么重要的存在啊，能让你不至于与世隔绝，能让家人时刻知道你的安危。15 年前，测绘队员的家人只能通过报纸和电视得知测量工作的进展和他们的现状，有些队员的妻子明知道丈夫收不到信息，依然坚持每天用手机发送鼓励的话语，多么令人动容。

　　我想起 2012 年出大洋时，船上没有手机信号，没有 Wi-Fi。每人每天可通过船上的邮件系统发送 4K 以内的邮件，并且只能收到被提前报备在白名单上的邮箱发来的邮件。每天由工作人员在固定的时段统一收取一次，发送一次。也就是说从发出邮件到收到答复，至少要 2 天时间。我是通过家人和朋友的邮件，知道北京下了场大暴雨，知道伦敦奥运会中国代表团获得了几枚金牌。有一次，妻发来邮件说孩子高烧不退，我十分担心，但这个信息是一天前发出的，妻收到我的回信安慰时，又将是一天之后了。我下船一年后，海洋六号上就有 Wi-Fi 信号了。我知道，这小小的改变，会给在大洋上漂泊的日子带来巨大变化。能够与家人即时联系，分离就不那么可怕，可以减少很多精神上的煎熬和心里的痛苦。能够随时获取外界信息，纵使远离大陆，你也会感觉与这世界在一起。

　　当然，有些修行者刻意与世隔绝，以求悟出生命真谛。是啊，若能放下一切牵挂，要通信何用？可是，如果心中已无牵无挂，无爱无恨，要生命又何用？

4月8日　拉萨　晴

果然，今天上午，国测一大队办公室主任、这次宣传工作主要协调人之一的任秀波就和我们见面了。走进陈兰芹主任的房间，我和他亲切地握手，特别高兴，终于把他盼来了。

一看茶几上，已经摆着一本宣传材料汇编和三张图——2020珠峰高程测量局部GNSS控制网示意图、高程控制网示意图和登山路线示意图。果然，他是在西安做足了准备才来的。

对着这三张图，任秀波把测量工作目前的情况、下一步安排和关于采访的计划一股脑说了出来。15年前，他作为测量登山队员登到了7790米，15年后，由他来协调宣传工作再合适不过了。

很快敲定，我们记者队伍后天（10日）从拉萨出征，11日抵达定日，先在定日适应休整，采访周边开展的水准和重力测量。珠峰大本营正在布置帐篷内设施，预计15日正式开营，到那时我们再进驻大本营。

任秀波说，记者的采访活动主要在大本营进行，个别记者如果身体允许可以考虑前往测量营地（二本营，5300米，距大本营单程步行3小时）采访。他说话时表情严肃，将向上攀登和到达交会点的路途险描述得非常艰险。反复强调记者要量力而行，安全第一。一边听他讲，我一边在心里想：看来，我的目标就是至少去二本营一次。看来，这次我不可能到6500米的前进营地了，我本想去那里看一眼北坳冰壁，采访测量登山队员在那里的生活。看来，这次也很难刷新我的海拔纪录了，那是转冈仁波齐时爬上的5700米的卓玛拉山口。

昨天睡觉前看新闻，说今天凌晨到清晨将出现今年最大的月亮，凌晨1点和清晨6点是最佳观赏时间。我没打算出去看，对这条新闻也没太在意。在屋里，月亮又怎么会恰巧出现在我的窗子里呢？清晨6点，我竟然醒了，在床上辗转反侧了一阵，想起超级月亮这件事，就抱着试一下的心态拉开窗帘。啊，我不禁惊呼，一轮巨大的圆月正挂在布达拉宫和雪山的上方，天空蓝得典雅，没有一丝云彩，如梦似幻的月光照亮了我的房间。那月光仿佛在空气中舞动，在我的脑海中激起旋律，李白和李商隐的月光，德彪西的月光，贝多芬的月光，同时翻腾起晶莹的浪花。

我兴奋地仅穿着一件薄秋衣、光着腿，不顾寒风就打开窗户拿手机拍摄，拍了几张都不理想。我干脆把厚衣服全穿上，窗户大开，手机、单反相机和GPRO轮番上阵，一直拍摄到月亮完全沉进雪山后面。这是我平生第一次看月落，美得不可思议。那月亮仿佛是神珍爱的宝石，在这一刻拿出来点缀天空、照耀人间，被我看到了，何其幸运。等我回去，我要告诉王旗这件事，我要告诉他，早晨不只可以看日出，还可以看月落。

行程确定了，心里踏实了。接下来的日子会紧凑起来，我也要把自己切换到高速模式。我已经迫不及待地想和珠穆朗玛见面了。

4月9日　拉萨　晴

　　今天上午，陕西测绘地理信息局杨宏山局长和国测一大队队长、2020珠峰高程测量现场总指挥李国鹏来到我们的驻地酒店和记者们见面。他们前天抵达拉萨后，马不停蹄地前往自治区政府和6个相关部门对接。这6个部门分别是自然资源厅、林草局、体育局、气象局、通信局和外事办公室，共同为珠峰测量提供保障。

　　杨宏山局长透露了许多我关心的细节。他说国家体育总局对这次珠峰测量任务十分重视，在前期准备和训练测量登山队员方面做了大量工作，力争要让国测一大队的专业技术人员登顶测量。从前期训练和现在身体情况来看，10名专业技术人员和登山队员已经区别不大，他们中计划将有两人登顶。1975年和2005年珠峰高程测量，最终都是专业登山队员登顶，登山队员提前学会仪器的操作方法，但熟练程度和排除故障的能力较技术人员还有差距。技术人员登顶有可能会获得更丰富、更精准的数据。

他说这次将力争实现仪器全部国产化。被带上峰顶的仪器有觇标（用于传统光学测量瞄准）、GNSS 设备、雪深雷达探测仪（探测峰顶冰雪深度）和气象仪器（测定气象参数，剔除气温气压因素对测量数据的影响），如果条件允许，队员们还会争取带重力仪登顶，刷新 15 年前创下的 7790 米重力测量世界纪录，首次测量峰顶的重力值。但重力仪是所有仪器中最重的，能否背上去还要看队员当时的身体情况。他还说气象部门提醒，以目前的预判，今年的天气状况不是很理想，窗口期可能会比较短，但这还要再进一步观察。李国鹏队长同样担忧天气，他说现在万事俱备，只差好天气，天气决定这次任务的成败。"5 月 20 日左右应该会揭开谜底。"李国鹏说。

我们明天上午就要出发了，我刚刚收拾好行囊。从北京来时两个大行李箱，现在又得再加一个大驼袋。在这个房间住了 24 天，其实不太相信有这么久，也没有想过自己居然以这样的方式度过了在拉萨最漫长的时光。

收拾行李的间歇，我站立在窗边，注视着远处的布达拉宫，与拉萨告别。晚饭前，我们又走过北京东路，走到大昭寺附近，我不时抬头看楼房上的风马旗，与拉萨告别。我又走进大昭寺对面那条胡同，那条我十年前常去的胡同，与拉萨告别。当我从那胡同走出来时，阳光从背后照来，把我的身影映在前方的地面上。那是十年前的我吗？如果十年前的我遇见现在的我，他会对我说什么呢？如果我遇见十年前的我，我会对他说什么呢？

我从那条胡同走出来，我知道，十年前那段短暂的时光永远留在那条胡同里，而我此刻的时光也将永远留在那条胡同里，谁也无法找回，谁也无法带走。

而我将去珠穆朗玛，开启一段新的难忘的时光。

4 月 10 日　日喀则　晴

　　作为一个山东人，来到日喀则一定会感到亲切。山东省是日喀则市主要的援建省份，我们今天入住的酒店旁边就是山东路。来时，路过白朗县，我还看到了济南西路、济南东路的标志牌。

　　我们上午 11 点半出发，晚上 8 点抵达日喀则。

　　出征的感觉真好，上午当我们把行囊放在酒店门口等车来，大家都忍不住拿出手机拍那"壮观"的画面。我开玩笑说，我们至少带了三分之一个飞机托运的行李。李国鹏和一大队所有在拉萨的兄弟都到酒店门口来送我们，车开动时，我对着窗外挥手，热血汹涌。

　　拉萨到日喀则，其实不必这么长时间。我们选择了可以看到羊卓雍措的路线。一路上，大多数时间都是沿着山崖行驶。路边的石崖上，用白色颜料画着无数大大小小的梯子，那是通往解脱的天梯。有些山岩交错的地方摆满了卵石，有些小河的水面上，跨岸挂满了经幡。这种最朴素最真诚的表达令人感动，就像偶尔在山坡上闪现的一簇簇桃花。

终于，车翻过一个山口，羊卓雍措！神奇的事物总是这样出现，突然间，在已经习惯的循环往复中，再多绕过一个弯，仅仅多绕过一个弯，便令人惊叹和感恩，刹那间忘记之前走过的所有弯道。

去年，我曾在这里停留，可今天，我看到的景色大不相同。在远处，去年被云层遮蔽的雪山显露出来，而近处，湖面上那些深蓝浅蓝更加变幻多端，让我觉得它比天空更像是一个入口，这入口通往哪里，只有天空知道。

拉萨到日喀则，其实不必这么长时间。一路上，区间限速不断。每个区间限速起点，都立着一个牌子，上面写明：路程多少公里，通过时间多少分钟，早一分钟通过，都是违规。离开羊卓雍措，出了浪卡子县城，就是一个区间限速起点——21公里，30分钟。大概过了十几分钟，我正在闭目养神，司机师傅说，卡若拉冰川到了，我们正好在这等一等。我睁开眼睛，前方两座耸立的山峰上，悬挂着青绿色的巨大冰体，在阳光的照射下晶莹剔透，如玉一般，就仿佛在魔法解除之前，这些来自天上的水，永远无法抵达人间。这是我第一次见到冰川，并且是天空中的冰川。我在正对那两座山峰的位置，捡起周边的石头，垒起一个玛尼堆。对我来说，这种表达是朴素的，也是真诚的。

车又转过几个弯，还有更多水的晶体出现在我们上方。直到车辆下坡，下坡。驶向一个山谷，前方突然隆起一排屏风般直耸入云的雪峰，它用身体把天空遮住大半，它用纯白把蔚蓝遮住大半，它高大得成为了天空的一部分，它雄壮得，它雄壮得就像是世界的起点或尽头。它的名字叫乃钦康桑。

我们到江孜县城时，还远远地看到了宗山古堡。据记载，1903 年冬天，英军入侵，江孜军民英勇反抗，用土制枪炮顽强抵抗了两个多月，最后参与抗英的勇士全部壮烈牺牲。电影《红河谷》就是记录并演绎了这一段历史，里面的很多镜头都是在我们今天所走的路线上拍摄的。

　　黄昏时分，我们沿着刚建好不久的日喀则机场快速线向日喀则市区驶去，路边一个牌子上赫然标着：珠穆朗玛峰 325 公里。我离珠峰又近了一些。

4 月 12 日　定日　晴

　　海拔 4300 米，大风，寒冷，干燥，烈日，初到定日，感觉这里的环境已经有些别人口中珠峰大本营的影子。虽然在拉萨已经适应了近一个月，但到了定日，海拔升高六七百米，依然感觉呼吸困难，弯腰系个鞋带都要喘上一会儿，夜里也似梦似醒地睡不好。

　　协格尔镇白坝村，距定日县城五六公里，是去往珠峰的必经之地。定日最早的星级宾馆——珠峰宾馆就坐落在这里，一个院子，几幢二层小楼，房顶上挂着经幡。珠峰宾馆见证了新世纪珠峰登山史，无数登山者和游客将这里作为去往珠峰大本营前最后的休憩地。

　　紧挨着珠峰宾馆，前年建起了一座格桑花大酒店，三层的藏式楼房，看上去更加现代化。国测一大队住在

099

这里，我们也住在这里。我的房间在一楼，没有空调和暖气，晚上气温零下七八度，取暖工具是一个电暖风和床上的电褥子。白天，大落地窗和窗外的骄阳能将屋内温度维持在舒适的25℃。只是，阳光同样让某些装修材料散发出刺鼻的气味。

昨天，我们从日喀则市出发，沿着318国道，每20公里就看到一个珠穆朗玛峰国家级自然保护区的路标牌，"距珠峰自然保护区160km""距珠峰自然保护区140km""距珠峰自然保护区20km"……终于在海拔5248米的加措拉山口，我们看到一座大门，门楣上书：您已进入珠穆朗玛峰国家级自然保护区。

珠峰自然保护区位于定日县、聂拉木县、吉隆县和定结县，总面积33819平方公里。1988年经西藏自治区人民政府批准建立，1994年晋升为国家级。珠峰自然保护区是以保护极高山生态系统、山地森林生态系统、灌丛草原生态系统，以及分布于其中的生物多样性为主，同时保护当地藏民族历史文化遗产等综合性自然保护区。保护区里有珠穆朗玛峰、洛子峰、卓奥友峰等诸多8000米以上的山峰，也有陈塘沟、嘎玛沟、绒辖沟、樟木沟、吉隆沟这 5 条美丽神秘的山谷。

　　进入定日境内，我们在路边偶遇国测一大队的重力加密测量小组，他们一组 3 名队员，正从日喀则往珠峰大本营推进，经过一周的奋战已经测了 50 个点位。明天，他们将与另外一个小组会合，预计一周后能成功将重力测量推到大本营。

　　下午，我们坐车"进城"，去定日县邮局购买珠峰明信片，盖珠峰大本营的邮戳和纪念章。本来在珠峰大本营旅游区设有一个"珠峰邮局"，每年 5 月 10 日到 10 月中旬开放，但今年受疫情影响，可能就暂停开放了。在定日县邮局，接待我们的是一个叫措姆的姑娘，她就是珠峰邮局的营业员。纪录片电影《大三儿》，讲述内蒙古赤峰一个外号大三儿的残疾人实现自己去西藏梦想的故事，影片的最后，他来到珠峰大本营，在邮局买了一张明信片寄给最好的朋友。那个场景我印象深刻，大三儿没带零钱，邮局窗口里的姑娘说算了，不用给钱了，大三儿说那可不行，我寄明信片不能让你贴钱，那姑娘开玩笑问他，你是不是很有钱？两个人都淳朴可爱。那姑娘正是站在我们面前的措姆。我们买了很多明信片，措姆一张一张地给我们盖邮戳和纪念章，动作干脆，力道十足，熟练极了。我问她累不累，是否需要休息一下，她笑着说不累。

定日县政府周边停满了车辆，还有警察站岗，我们到了正门，看到"热烈庆祝定日县两会胜利召开"的横幅。这不禁让我想到全国两会，是不是也快要召开了呢？

回到白坝村，一切都安静下来。身处群山之中，时间就是河水流淌的速度，就是云朵飘动的姿态，就是阳光遍洒的线条，就是大风吹过的声音。向南望去，珠穆朗玛峰就隐藏在几座山的后面，她在等着我们。

4月13日　定日　晴

　　来到新的海拔高度，我的睡眠又变成初到拉萨时的状态，夜里多次醒来，恍恍惚惚，难以再次入睡。问其他队员，也都如此。

　　陕西测绘地理信息局从除国测一大队之外的下属作业单位中，挑选了5位精兵，专门为媒体提供保障。自然资源部第二地形测量队(陕西省第三测绘工程院)副队长席科领队，队员分别为自然资源部第二地形测量队的周磊，自然资源部大地测量数据处理中心(陕西省第四测绘工程院)的赵润佳，自然资源部第一航测遥感院(陕西省第五测绘工程院)的田超，自然资源部第一地理信息制图院(陕西省第六测绘地理信息工程院)的王锋。他们负责我们出行的车辆、住宿安排，联系协调采访事宜，并保障我们的安全。他们开玩笑说："你们到哪我们就跟到哪？你们要是能登顶，我们咬着牙也要跟上去。"经过一段时间相处，我们彼此都成了朋友，组成了一个融洽的团队。

格桑花酒店的房费加上午餐和晚餐的自助餐费，超出了我们的住宿标准。为了少花点钱，我们便搭伙一起去酒店旁边的小馆子吃饭，每顿饭钱由大家均摊。他们都为人真诚，性格开朗，风趣幽默，即使吃碗面，也欢声笑语不断。

白坝村沿着国道有不少餐馆，川菜馆、兰州拉面馆、东北饺子馆，虽然大多环境简陋，但味道还不错。昨晚我们用餐的川菜馆，由一对成都夫妇经营，他们刚从家乡回来，老板娘高原反应严重，在服用红景天口服液。"房租还得交，来了也没什么生意，但不来又没办法。"点好菜，老板娘向我们诉苦。而上午，我们路过一家蔬菜铺，一个东北大姐站在门口喊我们："晚上来吃饺子啊，新鲜的馅儿，现包的。就在加油站对面。"这时节游客本就不多，又受疫情影响，我们这群穿着鲜亮冲锋衣的人是多么的显眼啊。

镇子上还有几家小超市，从门口过时，看你是外来的，老板就会问你，要不要化石。有的从柜台里面拿出来，有的带你到后院去看货。有一次在路上碰见一个人，他带我们到了一个仓库，里面架子上、麻袋里，满满的全是化石。

被他们称之为珠峰化石的主要有两种，海螺和三叶虫，前者在这里更常见。海螺化石多是一块被不规则切开的椭圆形石头，把上面的"盖子"揭开，就看见里面石化的海螺。"盖子"和下面的部分越严实合缝，里面海螺的纹理越清晰，品相就越好。按照品相和大小，价格在100元至500元不等，也有上千元乃至几千元的"极品"。当然，叫卖的价格会很高，一般都可以砍到一半甚至三分之一。

这些化石据说都是从距离白坝镇20公里的一个村子里收来的，村民们去山里挖，卖给化石贩子，化石贩子再高价卖给游客，赚差价。

想起从拉萨到这里的路上，只要一到休息区或观景台之类的地方，一下车，就有几个藏族商贩围上来，"扎西德勒，要狼牙吗？""扎西德勒，要羊角吗？""扎西德勒，要天珠吗？"那些东西一看就是假的，但他们会一直跟着你，手里的商品不停地变化着种类，一遍遍问你。

昨天，我们爬上镇子旁边的一个山坡，去看山上像是城堡遗址的土堆。山坡上有很多小石头，我们低着头，边走边看，有时会把身前的小石头捡起来，拿在手里端详一下，再扔到地上，无意中改变了它们的位置。改变了一块石头的位置，也就改变了所有石头的相对位置。我们的世界，每时每刻都在以这样人为或自然的方式改变着，没有任何改变是微小的。我曾把一块青海湖边的石头埋在漠河山坡的一棵松树下，这种恶作剧式的改变让我觉得很浪漫。

昨天晚上，我们在成都夫妇开的川菜馆吃饭时，大家喝了点酒，气氛很热烈。我突然想朗诵一首诗，但又担心在这种喧闹的环境中，诗意难以传达，达不到想要的效果。最终我还是选了一首音乐性比较强的诗，配合着手机里的钢琴曲朗诵，没想到整个饭馆瞬间安静下来，大家听完都特别激动，我甚至看到了他们眼睛里的光芒，那是被诗唤起的光芒。大家激动地端起酒杯敬我酒，就连老板娘都端起水杯凑了过来。陕西局的兄弟们说，在我朗诵的时候，他们脑海中出现了曾经在野外工作的画面和他们深切感受到却难以表达的情愫，这让他们感到美好。那一刻，我也感到特别幸福，作为一个诗人，能够在雪山脚下朗诵自己的作品，并且收到共鸣，受到尊敬，还有什么比这更幸运更幸福的？我想，这个夜晚，朗诵者和听众都将长久铭记，这是诗歌给我们的馈赠。

我们将于明天一早出发去珠峰大本营，采访营地建设情况，熟悉那里的环境。明天，我终于要和珠穆朗玛相见了。

4月14日　定日　晴

车停在海拔 5198 米的加吾拉山口这边，大家回头拍摄刚刚上山时驶过的连环发卡弯，而前方的景色还要再绕过一个弯才能看到。我迫不及待地爬上山口一侧的山坡，当我的视线高出山坡顶部的瞬间，就看到了必将令我终生难忘的画面——在大海一般的天空下，喜马拉雅诸神闪耀着洁白的光列队出现，云朵系在她们的腰上，她们仿佛在说：欢迎来到天之国度。我忍不住冲着同伴们大声叫喊：啊！美极了！

珠穆朗玛峰位于中间，她的左边是 8463 米的马卡鲁峰和 8516 米的洛子峰，她的右边是 7543 米的章子峰和 8201 米的卓奥友峰。她们的线条那么清晰秀丽，身姿那么娉婷动人，根本不需要化妆，不需要美颜。我想每一个看着她们的人，思想都会在刹那间脱离世俗，进入一个纯粹的领域，在那里陶醉，在那里涤荡。很多人称之为中国最美观景台，美这个字此时显得轻了点，我愿意称之为中国最神性的观景台。

而想要靠近神，必须经受考验。翻越加吾拉山，有著名的108拐，每一拐都是近乎180度的大转弯。从山顶望下去，公路就像是被稍稍拉开一点的弹簧，让人感到一种紧缩的力。我们坐在车里，身体不停地大幅度摇摆。司机小王说开一趟下来，打方向盘累得胳膊都疼。我开玩笑说，在加吾拉车神面前，秋名山车神根本不值一提。

一路上，我们停车接受检查4次。第一次是出发不久，在鲁鲁检查站，移民警察检查边境证。第二次是在珠穆朗玛峰国家公园大门口，工作人员检查车辆通行证。第三次是在距离珠峰大本营二十几公里的曲布村清洁能源车辆换乘站，游客到这里必须换乘景区的电动大巴车前往绒布寺。执行珠峰测量任务的车辆都在当地政府提前报备，并且发有车证，我们得以通行。第四次是在绒布寺往上几百米的地方。那里竖立着珠峰高程测量纪念碑和珠峰大本营石碑，是游客所能到达的最高处，柏油路也在这里终结了，再往前，都是碎石路。剩下的七八公里道路险峻，旁边高大的山体多处崩塌，到处都是巨大的落石，再翻过一两座山坡，就看到了绒布河，沿着绒布河一直往上，就抵达了真正的珠峰大本营。

营地的帐篷在大山面前很不起眼，但我远远地望见，依然十分兴奋。来到测绘队员的营地，也是我们将要入驻的营地时，飘起了雪花，珠峰的峰顶也被云层笼罩。十几顶帐篷已经被搭建起来，有宿舍、有厨房、有食堂。帐篷里都铺着地毯，让人感觉不到脚下是乱石滩。每个宿舍帐篷里都摆着几张行军床，还有一张桌子。建营的收尾工作正在进行。中午我们就在营地的食堂用餐，三菜一汤，提供餐盘和碗筷，条件超出我的想象。大家围坐在一个长条桌四周，都吃得很香。

超出我想象的还有，珠峰大本营 2017 年就通上了国家电网的电，告别了用柴油发电机发电的时代，电力供应更加稳定、清洁，再也无须忍耐发电机巨大的噪音；用水是水管从山上引下的冰雪融水，而不用再到三四公里外的泉眼去打水；营地后面建起了 4 个铁皮的封闭式厕所，其中有两个是坐便马桶，厕所里有电灯，竟然还挂着一个小杂志栏，里面放着几本《西藏体育》。我想，等我住进来之后，肯定还会发现更多超出想象的事情。

大本营共有三个营地，商业登山队的营地最为豪华。两个高大的、马戏团般圆球形状的帐篷让我很是好奇。去参观过的人告诉我，里面有各种休闲娱乐设施。今年国家体育总局批准了 20 人左右的商业登山名额，圣山公司收取每人 46 万元的费用。嗯，46 万元，是要奢华点。

测量登山队员的营地紧挨着商业登山队，队员们都睡在低矮的单人帐篷里。旁边搭建了多顶大帐篷，有食堂、会议室、活动室等，据说还有电视机。

我们的营地看上去有些朴素，但各方面条件已经比15 年前珠峰测量时好了太多。大本营所有的营地服务和保障都由西藏圣山登山探险服务有限公司负责。圣山公司由西藏登山学校创办，是我国唯一一家有资质组织攀登珠峰的公司，通过公司运营为登山学校提供办学经费。学员大多来自牧民家庭，可以享受全免费的教育，毕业后可成为登山运动员，或者走向高海拔商业探险的职业道路。

我的大本营初印象，除了营地，还有大风。风实在是让人在外面站不住，风吹起来，即使全身包裹得严严实实，脸蒙起来，依然感到寒冷，觉得后脑勺疼。当然，还有石头，目之所及，天空之下全是石头，大的石头组成山峰、小的石头堆满地面，这是一个石头的世界。还有那些用石头垒起的玛尼堆和登山遇难者衣冠冢，还有那块石头刻成的珠峰高程测量纪念碑，石头，石头，在这里，石头是语言，也是意义。

4月15日　定日　多云转晴

　　停电了，不知是白坝村停电，还是整个协格尔镇都停电了。当地人说，这很正常，一年至少有 60 天会停电。没有电热风，没有电褥子，这将是个黑暗而寒冷的夜晚。

　　下午，在酒店外面看到测绘队员正在测试 GNSS 设备，我们便过去拍摄，并采访了其中的一位。他 50 岁上下，个子高高的，口音很重，说话很朴实，笑起来甚至有些腼腆。我问他怎么称呼。他说，我叫张建华。张建华！2014 年全国感动测绘人物。我一下记起来了。我说，我写过您，您是不是去非洲执行过任务？是不是参加了上次珠峰测量？2015 年我去国测一大队采访，回来写了一篇 5 万字的报告文学，其中有一段就是写他。当时我并没有采访到他本人，而是根据他的事迹材料和别人的讲述写的。这次珠峰高程测量，他担任技术质量现场负责。他说年纪大了，这次上来血压一直高，常常头晕。前几天翻越加吾拉山口时，他的两只手发麻，随即肿了起来，停车休息了许久才缓过来。

15 年前珠峰高程复测，35 岁的张建华是交会测量组的组长，6 个交会点中最危险最艰难的西绒布交会点就由他负责。4 月底的一天，他带着两位藏族向导到西绒布踏勘，中午时突然阴云密布，狂风大作，能见度只有一两米远。回营的必经之路上还有一条 10 米宽的冰裂缝和坡度超过 60 度的悬崖，在这样的天气下，安全回去几乎是不可能完成的任务。下午五六点钟，狂风暴雪弥漫了整个珠峰地区，张建华依然没有归来，大本营和二本营所有队员都焦急万分。有人用对讲机不停地呼叫，有人用测量仪器中的几十倍目镜寻找……可他仿佛消失在茫茫雪海中，无声无息。

风雪迎面吹来，让人很难睁开眼睛，张建华和两名向导在中绒布冰塔林中迷路了，甚至他们也走散了。张建华不停地呼喊，偶尔能听到一两声回应，他就循着那声音往前走，可走啊走啊，还是看不见人，也看不清路。有那么几个瞬间，他产生过放弃的念头，觉得自己不可能活着走出这片美丽却令人绝望的冰塔林了。7点多，雪终于停了，张建华走一会儿、爬一会儿，竟然奇迹般地从冰塔林里出来了。当他看到队友们在石头上做的测量点位标记时，知道自己有生还的希望了，坐在雪地上放声大哭。晚上9点多，筋疲力尽的张建华终于回到了二本营，他的裤子已经在碎石上磨开了许多口子。看到他，兄弟们都哭了。

这次死里逃生的经历并没有让张建华退缩，随后他又连续三次冒险穿越冰塔林，到西绒布交会点测量。登山队员登顶前后，他啃干粮、化雪水，在那里坚守七天七夜，完成了自己肩负的任务。

就是这样一位英雄，如今青春不再，但他没有躺在往日的功劳簿上，依然像一名普通的测绘队员那样，谦逊，踏实，安分地做好自己的工作。

上午，我们去县城定制一面旗帜，顺便去协格尔曲德寺附近走走。协格尔曲德寺在卓玛日山上依山而建，始建于1385年，鼎盛时期共有21座佛殿，21座扎仓

（佛学院），僧人数800余人，是后藏最大的寺庙之一。如今，看着从半山腰一直延伸到山顶的废墟，依然可以想见当初的辉煌。1985年，寺庙重建，规模小了很多，但保存了9米多高的释迦牟尼佛像。

我们从山脚下沿着一条步行的坡道往上走，我一边转着沿路的经筒，一边不知不觉加快了脚步。前几天好像听人说，寺庙尚未开放，其实我们也没抱希望能到寺里去。越走越高，我看到了定日县城全景。县城很小，被一条河分为两部分，可是它的辖区范围内有珠穆朗玛峰，它拥有这星球的最高点。

走着走着，转过几个弯，我来到一个类似于山门的洞口前，便抱着试一下的心态走进去，没想到，走进去又是一串台阶，上了台阶又是一扇门，门没关，我犹豫了片刻，又冒昧地走进去，又上了几串台阶，转了几个弯，到了一个寺院门口，门口石碑上刻着：协格尔曲德寺。我试探着走进院门，看到一个佛殿，院子里两个僧人正在晒太阳，他们对我微笑。我指着佛殿问：我可以进去吗？他们一起笑着点头，说可以可以。其中一个问我：你是藏族吗？我说不是，我是汉族。他说，你看上去很像藏族人。我爬上几级梯子从厚厚的门帘下转进佛殿，一片漆黑，那个僧人走进来，打开灯。我看清这是僧人们做功课的大殿，他身上挂着许多钥匙，带我穿过大殿，在一个门前停下，拿钥匙，弯腰开锁，推开门进去。我当时竟有些迟疑，有些不安，但我还是迈了进去，出现在我面前的，应该说出现在我上方的，是一座闪着金光的大佛，我的心立刻被敬畏充满，连呼吸都生怕发出声音。我恭敬地拜了三拜，又登上左边的楼梯，绕大佛一圈，从侧面看去，大佛高高耸立，越发壮观。我真幸运啊，误打误撞般地走过一道道门，僧人专门为我点灯开锁，得见大佛，我将之视为奖赏，视为恩赐。

为我开门的僧人叫阿旺多吉，他 15 岁就来到协格尔曲德寺，如今已经 20 年过去了。他喜欢笑，笑起来像个孩子，一口牙齿整齐洁白。

在往协格尔曲德寺走的路上，山下一片藏式民居，家家户户都是平顶的二层小楼，屋顶是各种不同的多边形，都有一圈半米多高的围墙，围墙上摆满了木材和饼状的牛粪，多边形的每个角上都插着风马旗。一家的院子里养了一匹灰色的马和三头小牛，一个男孩在二楼的阳台上拿着玩具枪，高兴地冲着他的动物朋友喊叫。一家建在小坡上，房子相对破旧，一个老阿妈侧对着我坐在阳台上，她没在喝茶，没在做什么活计，就那样安静地一动不动地坐着，侧影就像一幅画，让我注视良久。

　　还有一家，升起了炊烟。眼前的人间烟火，让我想起小时候，鲁西南的村庄外面是望不到边的麦田，这里却是望不到边的群山。但除此之外，这炊烟没有任何不同。

4月17日　珠峰大本营　多云

今天是我住在珠峰大本营的第一个夜晚，此刻，狂风正吹着帐篷哗哗作响。

今天的白云和蓝天都闪耀着荧光，云一层一层，山一层一层，有时，天的蓝色也一层一层。早晨离开白坝村时，远远看着卓玛日山就像一个金字塔，在群山中十分特别，难怪协格尔曲德寺修建在上面。

翻过加吾拉山口，喜马拉雅诸峰都蒙着云的面纱，只有珠穆朗玛的峰顶露在外面。从山口，我们一路下坡，到扎西宗乡后道路分岔，我们没有往珠峰大本营方向，而是继续下坡，前往曲当乡。海拔不断降低，从5200米到3660米，拉萨的高度。路边的草滩渐渐泛出青色，成群的牛羊在河边吃草。

快到曲当乡时，我看到一座雪山黑白条纹交错，就像是一匹斑马，又像是孟加拉白虎，卧在天地之间，十分神奇。在地图上看，那山的名字是亚静隆巴。

国测一大队一个水准测量组正在扎西宗乡到曲当乡之间测量。水准测量通常由水准已知点出发，沿选定的水准路线逐站测定各点的高差。2020珠峰高程测量的水准测量是从日喀则国家深层基岩水准点出发。去年12月，国测一大队的水准测量组就在西藏开始工作，经拉孜县一直推到定日县和聂木拉县，复测了珠峰地区的一等水准网。然后以此一等水准网为基准，从定日县和岗嘎镇分成两条支线，进行珠峰地区的二等水准测量，一直传递到珠峰大本营的水准基点。然后再以此为已知点，通过三等水准测量、高程导线、三角高程测量、跨河水准测量等方式传递到珠峰脚下6个交会点。待到觇标竖立在珠峰峰顶，各交会点通过三角测量，并和其他测量手段所得结果综合计算，确定珠峰的精准高程。

一等水准的精度高于二等，二等高于三等。但即使是三等水准测量，每公里的偶然误差也是毫米级。对误差要求极其严格，以保证水准数据的精确。我们采访的水准测量组，从扎西宗乡测到曲当乡，再原路测回去，如果数据误差达不到标准，就必须从头开始测量。

曲当乡水准测量组的组长叫吴元明，43 岁，河南安阳人，副组长叫金良，32 岁，陕西商洛人。

下午 4 点，扎西宗乡和曲当乡之间，六七级大风，人都有些站不稳，水准组开始准备测量了。他们找到公路边土地里三个大钉子般的尺桩，这是他们上午测到的位置。水准测量要避开正午，太阳直射不利于观测，他们的工作时间是上午 8 点到 12 点，下午 4 点到 8 点，每半天被他们称为一个光段（多浪漫的名字啊）。在这里，他们每个光段能测 3 公里多。每段路线，都必须一步一步走。

金良把电子水准仪从仪器箱里取出来，让它适应环境温度，以最大限度避免热胀冷缩可能带来的影响。经过简单的调试，测量就开始了。风太大，人要费很大力气才能把标尺固定在点位上。一个负责测距的工人，手持一个像是单轮手推车的测距仪，从点位出发，量 12 米，摆一个石子，再量 12 米，再摆一个石子。金良扛起仪器，用三脚架固定在第一个石子正上方。另外一名工人扛着标尺快步走到第二个石子处，先把一个金属的尺台放在地上，再把标尺固定在尺台上。这样，水准仪距离前后两个标尺的距离都是 12 米，用他们的术语说就是前后视距要相等。

金良把水准仪对准后方的标尺，观测、瞄准，读取并记录数据，转过头，再对准前方的标尺，同样的流程，就得出了这两点间的高程之差。他一挥手，扛起仪器就走，后方标尺的工人也扛起标尺就走，前方的标尺则保持不动。金良把仪器扛到不动的标尺前面第一个石子处固定住，而工人则把标尺扛到第二个石子处固定住。这时，刚才位于前方的标尺就成为后方的，而刚才后方的标尺则成为前方的，水准仪依然位于两个标尺正中间。就这样再重复刚才的测量流程，就这样，两个人轮流操作仪器，一段一段测下去。

路边是陡峭的山坡，堆满乱石，经常正测着测着，一块石头就滚落下来，有的是被风吹落，有的是被山上的岩羊踩落。有时，石头就滚过他们身边，幸好都有惊无险。

吴元明和金良住在曲当乡的马卡鲁峰宾馆二楼，房间很小，两张单人床，整个宾馆只有一个公共卫生间。房间里没有水，他们用水桶从楼下提水上来，饮用和洗脸都用桶里的水。吴元明说，这在他们外业工作中，算是比较好的住宿条件了。

去年12月，吴元明就到日喀则来测一等水准网，为珠峰测量做准备，一测就是40天。他说，那时天气更冷，更艰苦。测完回家过了个年，3月初，他又回来了。

国测一大队的车队副队长张兆义今年55岁了，性格开朗、直率，身上露着一股硬气。他这次负责我们记者团队的出行，担任我们的司机。张兆义参加过2005年珠峰测量，听说大队又要测珠峰，他第一时间给队长写了请愿信。他说，人一生如果能测两次珠峰，是多么自豪的事情。而吴元明也是第二次测珠峰了，他们两个曾在珠峰大本营共事。

两人见面，甚是亲热。吴元明说："老哥哥，一晃15年了，都把你晃老了。"

张兆义说："是啊，15年前我比你现在还小。咱俩第一次见面是2003年宁波测桥吧？"

吴元明说："不是，是 2002 年骊山，兵马俑测图。"

张兆义说："对，那一次真能把人热死。"

吴元明说："还有 2008 年西部测图，我们在可可西里，比这苦多了。一提测珠峰，大家都觉得很苦，但咱们经历过的，有不少比这更苦的。"

离开曲当乡时，张兆义对我说，刚到国测一大队时，看到老前辈们受的那个苦，觉得不可思议，心想这哪是人受的苦啊。可当自己亲身经历了，完成了任务，心中有种说不出的高兴。后来这样的经历越来越多，字典里也就没有苦这个字了。

我们的车到绒布寺检查站时，张兆义下车办理通行手续，地上有冰，他脚下一滑摔倒了。我们急忙下车把他搀扶起来，问他要不要紧。他一瘸一拐地直说没事没事，继续驾驶前车带路。晚上在帐篷里，他撸起裤腿，我看到他膝盖和迎面骨上都流血了。

此刻已是夜里 11 点半，狂风依旧，我们的帐篷被风吹得左右摇摆。帐篷里住了 6 个兄弟，大家都已钻进了睡袋，但没有一个人入睡。晚上，大家都没敢喝水，怕起夜。

外面，除了营地几顶帐篷微弱的光亮，就是星星在云层中闪着的朦胧的光，珠穆朗玛隐匿在不远处的黑夜中。

我已经把睡袋摊开了。写完这几个字，出去方便一下，也钻进睡袋里去了。这第一个夜晚，不知是否能睡得安稳。但我激动而满足。海子写过：今夜，九十九座雪山高出天堂，让我彻夜难眠。

彻夜难眠又何妨。

4 月 19 日　珠峰大本营　晴　大风

　　早晨 8 点半走出帐篷，正如我所期待的，珠穆朗玛完好地出现在眼前，峰顶旗帜一般的云朵，向东方飘扬而去。

　　昨夜，我确定自己睡着的时间大概是凌晨 4 点半到 7 点，其他时间都在恍恍惚惚的状态。狂风一夜，帐篷颤抖不停。篷顶像蝴蝶的两扇翅膀，拼命地想要飞翔，在寂夜中发出巨大的声响，我仿佛被一百面飘扬的旗帜围拢。我这一侧的帐篷布，不停地撞击我的床，似乎有人在外面拍打我。

　　我在睡袋里裹得严严实实，只留出鼻子喘气，可依然感觉风在往身上钻，冷啊。我头脑清醒地闭着眼睛平躺着，有人在打呼噜，有人发出磨牙的声音。睡袋像一个蚕茧把我包裹，我的两个胳膊紧紧贴着身子，难以动弹。就这样到了凌晨 2 点、3 点，每次看表，时间只过去了十几分钟。我一直在期盼天亮，天亮了，大家都起床，我就可以尽情地伸展一下了。可是冷，我只能一次又一次把睡袋往脖子里裹紧，把盖在睡袋上的羽绒服再往上盖一点。

天终于亮了，帐篷里零下5℃，人自然不愿从睡袋里出来。大家一个个躺在床上开始说话了，他们描述的这个夜晚，与我的感受大体相同。中午吃饭时，一个已经在大本营住了一段时间的测绘队员问我睡得怎样，他说能睡3个小时就是好的了。

10点钟，太阳从山顶露出来了，不一会儿，帐篷里的温度就变成10℃，中午1点钟，升高到20℃，下午4点，甚至达到了舒适的25℃，8点多，太阳落山，帐篷里的温度又迅速降到0℃。

狂风一直吹，越发变本加厉了，今晚的感觉比昨天冷很多。下午，我们在会议室帐篷里采访，稍微离远一点儿，都很难听见对方说话的声音。有一个瞬间，帐篷剧烈抖动，我甚至以为它要被风吹倒。

即使烈日高照，人在外面站一会儿，就会被风吹得头疼。因此大多数人都窝在帐篷里不出去，窝在帐篷里

127

听风声。

从我们的营地往西大约 1 公里，有两个挨着的小山包。北边的山包上，立着 8844.43 米的珠穆朗玛高程测量纪念碑，纪念碑顶部雕刻成珠峰的形状。纪念碑前，有一个国家二等水准点，也是珠峰大本营的交会点。

南边的小山包上是登山遇难者墓地。这是一片衣冠冢，二十几个墓错落排列。大多数墓，都是垒起来的一堆石头簇拥着一块不大的石碑。石碑上刻着名字、生卒年月，有的还刻着悼念的话语，浅浅的、并不"工整"的字迹，然而饱含深情。墓碑虽然"简陋"，但走到这里，人不由得肃穆，心生敬意。

我看着每一个名字，给每一个石堆都添上一块小石头。他们来自这星球不同的地方，有的还很年轻，但都将生命付与了梦想，消逝在追寻梦想的路上。如今，他们在面对珠峰的地方长眠，与珠峰为伴。

可惜我并不了解他们的故事，无法更深地感受这一片"石堆"凝聚的亲情、友情和爱情。只是听说过这里有一对外国双胞胎的墓，他们因恶劣天气而长久地留在雪山之上。从那以后，每年登山季，他们的父母都会来到这里，面对雪山思念自己的孩子，仿佛孩子的生命已和雪山融为一体。年迈的父亲甚至还沿着兄弟俩攀登的路线到了 7028 米。在大山面前，或许只有我们内心的情感，不能形容为渺小。

登山者墓地旁边，还有一小块平台，上面立着一个玛尼堆。我在这里，用白色的石头摆了"妈妈"两个字，又一块块搬来大石头，把"妈妈"围了起来。不停地蹲下起身，搬运重物，让我头疼眩晕，气喘吁吁。等我终于围好一圈，站在大风中注视着面前的珠穆朗玛，人称大地之母的神山，将我对妈妈的思念寄托给她。

营地里虽然通上了国家电网的电，但电压很不稳定，或许是用电量太大。昨天有人测试了电压，只有 90 多瓦。手机充电都很难充进去，更别说电暖气了，插上电，根本没有热度。

今晚，大家都早早地钻进了睡袋，实在是太冷了。本来和我们住一个帐篷的司机小王，抱起被子去车里睡了。明天一早，我们要步行前往海拔 5300 米的二本营。但愿明天风小一点。

4月20日　珠峰大本营　晴　大风

昨夜比前夜多睡了一个小时,只是凌晨 3 点多开始头痛,头皮一跳一跳地,似乎想要离我而去。想翻个身缓解一点头疼,可一动就喘不上气来,拼命地大口吸气,却吸了一嘴凉风。

早饭后,我吃了一包头痛散,感觉好多了。我们 10 点半出发前往二本营。二本营是测量队员的前进营地,为了方便队员们到达各交会点而搭建的,海拔 5300 米,距离大本营四五公里。之前有人说要走三四个小时,多么多么累,说得我还真有点忐忑。

我们的营地往南七八百米,有一个高大的乱石坝子,坝子西边是绒布河谷,东边是另一条断流的河沟,去往二本营就是沿着这条铺满石头的河沟一直往上走,这也是攀登珠峰的路线。珠穆朗玛一直在正前方,越走就离她越近。旁边的山坡有一丛丛枯黄的草,有报道说因为气候变暖,珠峰上长草了,不知是不是指这些草。翻过几道山梁,绕过几个弯,12 点左右,我就看见前方飘扬的红旗,二本营已在眼前。我很享受这段路程,在人迹罕至处,净极的天空下,踏着乱石,看着眼前的雪山,一步步向前走,就像 10 年前转冈仁波齐时的感觉,而这感觉,10 年来我一直怀念。可测绘队员走这段路,远没有我这么轻松,他们背着仪器,背着帐篷和睡袋,如果遇到大雪大风,还真得走三四个小时。

二本营建在山坡的一小片平地上,和大本营相比太迷你了。两顶绿色帆布帐篷,一顶是厨房,一顶是活动室、仓库兼食堂,12 个黄色的小帐篷分布两边,最多的时候,一个小帐篷里能挤 3 名队员。

二本营没通电,只能用柴油发电机发电。昨天傍晚发电机突然坏了,天快要黑时,任秀波紧急带着两个藏族背夫从大本营送发电机上去。今天,我们吃完午饭,任秀波背着重力仪气喘吁吁地出现了。原来,这几天队员们正在大会战,计划用一周时间把各交会点的水准、

GNSS 和重力测量全部搞定。用他们的话说，交会点上的数据都是 15 年前的数据，他们要给交会点重新赋值。

昨天吃过晚饭，二本营的测量队员们把所有的仪器都摆在一起，分配第二天的工作任务，各自认领测量仪器。国测一大队雇用了几名藏族同胞帮着背物资装备，但是精密的仪器还都要队员们自己背。一会儿，每人一台仪器认领了，就剩下一台重力仪。任秀波一看，那台重力仪正是 15 年前自己使用的那个型号。那是他多么熟悉的仪器，寄托了他多少感情，有着多少情结啊。15 年前，任秀波背着重力仪登到了 7790 米，并在那里成功获取重力数值，创下了重力测量的世界纪录。当时，为了便于操作仪器，他甚至在寒风中摘下手套，导致手指被冻伤。而如今，他来到管理岗位上，不再有测量任务，可此时此刻，看到自己曾用过的仪器，想起 15 年前那段刻骨铭心的岁月，仿佛看到那个 25 岁的自己。任秀波突然感到热血沸腾，身体里的激情被重新点燃。这简直是天意一般，给他一个机会，一个和兄弟们一起流汗的机会，一个重新体验 15 年前那份激情的机会，一个在兄弟们面前证明自己廉颇未老的机会。他说，我来背这台重力仪，我没问题。

年轻的测量队员们听到他们的"大波哥"说出这句话，先是吃了一惊，但马上意识到这不是一个玩笑。"大波哥"的传说他们早有耳闻，虽然如今已是任主任，但他的实力谁也不会小觑。就这样定了，那台重力仪交给任秀波，由他背到海拔5700米的Ⅲ7交会点。

第二天一早，任秀波背起近30斤的重力仪，其他四个兄弟也都每人背着一台仪器，大家一起上山了。上山没有路，都是陡峭的乱石坡，踩滑一脚都意味着危险。在5300米以上的海拔，400米的垂直高差，每一步都很艰难。任秀波似乎找到了15年前登山的感觉，他走在前面，不到两个小时就爬到了山顶。兄弟们对他竖起了大拇指，可他喘着粗气说，累死我了。真累啊，任秀波坐在地上，好一会儿才缓了过来。大家架好仪器，抓紧测量，用了一个多小时获取了各种数据，然后下撤，下山又用了将近两个小时。

我走进二本营的厨房帐篷，看见任秀波坐在一张床上，看见我，他说："老了，老了。"大厨刘泽旭给他盛了一碗萝卜汤，他喝完，就斜倚在那里睡着了。

在任秀波睡觉的时候，我采访了负责二本营的生产，被称为营长的韩超斌。在聊了几个工作问题后，我问他：2005年的时候你负责什么工作？他说：2005年我在中绒布交会点。我说：你和张建华是战友啊，他是西绒布交会点，还遇到了危险。他说：是，那次特别惊险，我们担心坏了。我问：2005年你在这里留下什么难忘的记忆吗？他说：没有。紧接着，他戴上了墨镜，我知道他流泪了，过了几秒钟，他说了声对不起，走了出去。这是第一次被采访对象在我面前流泪离去。我跟出去，看他爬上营地边乱石的山梁，消失在石堆那边。我等了几分钟，让他平复情绪，然后我也爬过去，看见他坐在一块石头上。那位置正处于绒布河的上方，下面是深深的河谷，后方是一个冰碛湖，湖水还结着冰。前方是珠穆朗玛峰，可以看到中绒布冰塔林泛着蓝色的光，雪山近在眼前，那么近，那么高。我们坐在石头上，聊了许多。

韩超斌说，3月31日建营那天，他站在这里，想起15年前站在这里看见冰塔林的情形，想到那次张建华差点走不出那片冰塔林，感慨万千，谁能想到15年后自己又回来了。前天，去西绒布交会点测量的两名队员，下撤时遇到大雪，走错了路，晚上 11 点半才回到营地，又经历了一次如张建华那时的惊险。韩超斌说："我身上压力很大，这些兄弟都是家里的顶梁柱，我绝对不能失去他们任何一个。"

我们约定了等他下撤休整时再好好聊聊。我们一起转身离开那绝美的地方，我想，这出乎意料的采访地点，也给我留下了抹不去的记忆。

4月21日　定日　晴

早晨，珠峰地区天气突变，狂风夹着雪花，寒冷异常。往珠峰的方向，只能看到浓浓的阴云。天气预报显示未来几天将有极端恶劣天气，为确保安全，今天大本营和二本营全体队员集体下撤到定日县城，在周边开展GNSS测量和模拟交会操练。

早晨，我们的营地旁架起了两台仪器，两个人在仪器附近戴着帽子、把手缩进袖口，来回踱步，看上去十分寒冷。那不是测绘仪器，他们在这里测什么呢？我过去和他们聊了聊，原来他们是西藏生态环境厅的工作人员，每年这个时间来珠峰地区测量环境指标。那两台仪器是空气取样仪，用来检测珠峰地区的空气质量。今天，生态环境厅的"一把手"亲自带了一支队伍来到珠峰大本营，对各项环境指标全面体检。除了他俩，还有人正在检测绒布河的水质。他俩告诉我，最近几年珠峰地区环境指标的检测结果都达到了一等，这里没有污染源。听他们这样说，我很高兴，看来珠峰地区的生态保护显出了成效。

雪渐渐大起来，我问他们取样需要多长时间？他们说要六七个小时，我说辛苦你们啦。他们问我是做什么的？我指了指营地说，我们测量珠峰高程。他们眼睛一亮，连说，你们更辛苦，你们更辛苦。

这两天，5G 信号上珠峰的新闻铺天盖地。几家通信公司都在珠峰大本营建设了 5G 基站。通信光缆和基站还建到了 5800 米的中间营地和 6500 米的前进营地。在去二本营的路上，一路都能看到黑色的光缆。我们的帐篷也装上了一个路由器，但信号并不稳定，网速也不快，希望只是暂时的。

但在二本营，依然接收不到手机信号，通信光缆穿营地而过，并没有为测量队员开一个端口。昨天我想加测绘队员的微信，我们要一起爬上营地旁的山梁，站在高处搜寻信号。他们开玩笑说，信号是从大本营的方向，沿着山沟被风吹上来的。

我们的帐篷里还发生了一个变化，四周的"墙壁"都挂上了 1975 年和 2005 年珠峰测量时队员们的工作照片。大队长李国鹏说，挂上前辈的照片，是为了提醒队员们时刻记住国测一大队的英雄历史，发扬"热爱祖国、忠诚事业、艰苦奋斗、无私奉献"的测绘精神。和我住一个帐篷的张兆义，他和队友们 15 年前青春年华的留影，就挂在我们的帐篷里。

中央新影的两名摄像师和澎湃新闻的记者王万春，因高原反应严重，昨天提前下撤。昨天早晨起来，王万春说头痛欲裂，感觉快要爆炸了，于是他放弃了跟我们去二本营的计划。而中央新影的两名摄像师高原反应更严重，他们脸色苍白，眼睛都是肿的。去医院检查后，其中一位被医生判定为不适宜在高原长期工作。

今天中午在回定日的车上，我昏昏沉沉睡了一路，108 拐都没能把我晃醒，下了车，顿时感觉呼吸轻松。有人开玩笑说，我们会不会醉氧呢？这里的海拔 4300 米，氧含量只有北京的一半多，怎么会醉氧呢？

下撤，住进酒店里，耳边没有狂风的声音，房间也不再摇晃，还有热水可以洗澡，并且不用装进狭窄的睡袋了。这些都是再普通不过的了，但却是在大本营不敢有的奢望。下撤，我没有任何激动和兴奋，在酒店里身体更舒适，但在大本营，心灵更满足。

4月22日　定日　晴转多云间有雪

天气很冷，虽然是晴天，中午出去吃面时，雪花在阳光里飘扬。

上午我在房间整理采访的素材，有人敲门，打开门是杨帆，他一进屋就靠在墙上，哭着说："看见测绘队员的手，我真受不了。"

原来他也在整理这几天拍摄的素材，看到前天在二本营拍摄的测绘队员们操作仪器的手部特写，看着那些黑乎乎、皲裂的手，他心疼地不能自已。

其实我的心情也很沉重，来定日后不久就听说一名叫谢敏的测量队员，父亲去世了，但他在山上手机没有信号，父亲遗体火化的那天中午他才接到母亲的电话，没能见父亲最后一面。他一直在二本营和交会点上坚守着。前天我上去，他在点上还没下来。昨天下撤前，张兆义悄悄地对我说，来，我带你去见一下谢敏。我们走出帐篷，张兆义对着远处一群小伙子喊：谢敏。谢敏走了过来，张兆义先给他一个拥抱，拍了拍他的肩膀。谢敏是测二代，他的父亲和张兆义也是同事，因此，张兆义就像他的叔叔一样。谢敏转过头去，擦了眼泪。我看到他的整张脸都布满小小的裂纹，已经黑得不像样子，裤子上、鞋上全是泥和污迹。我难过得说不出话来，我无法想象一个刚刚失去父亲的孩子，在承受心理痛苦的同时，还能忍受如此的生理痛苦。我忍住了泪水，也拍了拍他的肩膀，我说，咱们这次一起下撤，好好休息，兄弟。

今天是世界地球日，自从我工作以来，每年世界地球日的宣传都是一年中的大事。今年，由于珠峰测量宣传至今没有正式启动，这是我离地球日宣传最远的一年，但由于地球日的主题就是人与自然和谐共生，这又是我离大自然最近的一年。大自然啊，被我们称为荒蛮之地的所在，远离人类活动的所在，是多么真实，多么美丽。测绘队员长年和大自然相处，他们身上有无比可贵的真诚、单纯、简单和坚定，因此他们也配得上这大自然。

前天去二本营的路上，我看到三个易拉罐瓶子，捡起来装在背包里。返回时，周磊找到一个大垃圾袋，让我把易拉罐都装进垃圾袋，他提着，我们一路捡下去。到大本营时，垃圾袋装满了大半。

尼泊尔有个纪录片叫《珠峰清道夫》，画面触目惊心，在8000米以上的死亡地带，在洁白的冰雪上，来自世界各地的垃圾汇集珠峰，铝制罐头盒、饮料罐、鞋子、塑料包装袋，甚至暖水瓶、床垫。你可以想象天空堆满垃圾吗？你可以想象你的头顶堆满垃圾吗？正如纪录片里所说，如果珠峰死亡地带堆满垃圾，地球也将会成为一个巨大的死亡地带。

不仅如此，整个亚洲机动车和工厂里排放出来的碳，正在喜马拉雅山脉沉积，碳可以吸收大气中的热量，降低阳光反射，一旦在冰雪当中沉积，冰川就会快速融化，对人类生存已造成重大威胁。

这次珠峰高程测量特别注重环保。大本营设有专门的垃圾回收站和环保厕所，实施垃圾分类，有专门的人员负责清运，还有技术先进的厨余垃圾处理集装箱和污水处理集装箱。二本营也配备了环保厕所和垃圾分类收纳桶，工人定时将垃圾背运至大本营指定回收点。国测一大队还要求队员们，必须将在各交会点和测量线路上产生的垃圾和地面遗弃的垃圾带回。

今天午饭时，大家的话题都是定日如何如何舒适，简直像天堂一般。你一句我一句，有人说房间真安静，有人说可以随便上厕所、随便喝水了，有人说在床上能肆意翻身了，有人说不用整天都戴着帽子挡风了。而刚到定日的时候，大家都觉得这里天气和住宿条件都比拉萨差许多。

写着写着又停电了，不知这次会停多久。没关系，毕竟这里，比大本营舒适多了。

4月23日 定日 晴

天空如没有一丝杂质的蓝宝石，炽烈的阳光照耀着318国道旁依然枯黄的草滩和四周连绵的群山。这里距离定日县城不到半小时车程。

司机宁伟将座位往后放倒，半躺在车里，车载音响里正播放蔡琴的《被遗忘的时光》。看上去，宁伟不像是个51岁的男人，皮肤白白的，戴着墨镜，手腕缠着一串星月菩提的珠子。张兆义说，他是车队里最精致的男人，懂得享受生活。

旷野和精致，挺矛盾的。早些年，宁伟几乎每年都有半年以上的时间是在西藏出外业，参加过2005年的珠峰高程复测，那年他36岁，本命年，15年过去，他又来了。

真幸运，宁伟笑着说，一辈子能测量两次珠峰。我问，家里人担心你的身体吗？没啥担心的，一直都是这么过来的，他们习惯了。小时候，我父亲搞三角测量，也是一出去就半年，我也习惯了。愧疚？肯定有。有一次我批评女儿学习不努力，她反问我，你管过我吗？怎么弥补？把工资全交给老婆呗，哈哈。

15年前，宁伟开一辆"猛士"，负责珠峰大本营到定日县城之间的往返运输。那时的路都是"搓衣板路"，很不好走，单程就得四五个小时。宁伟还有一个重要任务，为大本营的兄弟们取水喝。从大本营边流过的绒布河水，本来是最方便的饮用水源，但有的队员喝了拉肚子。距离大本营三四公里，有一处被称为绒布神泉的泉眼，泉水纯净甘洌。宁伟等人每天早晨开车去接七八桶，基本上就够兄弟们饮用一天了。今年，大本营的用水是从旁边的山上用管子引下来的，无限量供应，只是水有些浑浊，里面掺杂着泥沙。大家在大本营的饮水量都比在山下时少很多，特别到了晚上，不敢多喝水，怕上厕所，外面风太大、太冷。不管是从睡袋里出来，还是从帐篷里出来，都是需要勇气的事。

车外，史志刚已经把 GNSS 仪器固定好了，开机时间上午 9 点半，按照技术要求，测量时间不少于 8 小时零 10 分钟，他打算多测一会儿，下午 6 点关机。仪器接收到 47 颗卫星信号，其中北斗 21 颗、GPS 10 颗、GLO-NASS 6 颗。

史志刚今年 34 岁，山东寿光人，到国测一大队工作已经 6 年了。他是西安电子科技大学电子类专业硕士毕业，同学们大多去了华为之类的公司，只有他阴差阳错地入了测绘这一行。当时，国测一大队刚引进了几台昂贵的绝对重力仪，设备维护等需要有电子专业知识的人才，就把他招了进来。从此，他就和重力测量结下不解之缘。

GNSS 测量其实他并不常干。队员们虽然下撤休整，但并没闲着。周边的 60 个 GNSS 测量点，每天派 10 个人出去测，6 天测完。今天，史志刚负责的这个点位是国家二等水准点萨拉 59。

这个点位是 2013 年埋设的，为了保证点位稳定，埋设的时候要在地上挖个坑，将梯形的金属标志与基岩固定在一起，上面盖上刻有点位信息的水泥盖子。找到点位后，史志刚先用工兵铲把坑里覆盖的泥土挖出来，露出金属的尖顶，这个尖顶就是这个点的精确位置。测量时，必须让仪器的中心正对着这个尖顶。三脚架调了半天，终于固定好了。这时还要测量尖顶到仪器的高度，可仪器配备的测高杆不够长，只好用钢尺量。史志刚趴在地上，把钢尺的一端伸进坑里，任伟拿着另一端在仪器的位置读数，量了三次，取个平均数。

一切就绪，仪器正常运行，剩下的 8 个多小时，他们就要在这里守着了。

史志刚是从二本营撤下来的。作为这次珠峰高程测量重力组的一名队员，他和兄弟们从 4 月初开始，沿着珠峰周边的水准路线测量重力。4 月 16 日傍晚，重力组接到任务，突击完成 6 个交会点的重力测量。史志刚和昝瑾辉立刻前往大本营。到达大本营已经晚上 10 点多了，第二天他们徒步前往二本营。第三天一早，他们就向东绒 3 点突击。

东绒 3 点位于东绒布冰川上方，海拔 6000 米，从二本营过去，要经过 5800 米营地，是距离二本营最远，距离珠峰峰顶最近的交会点。他们在藏族向导的带领下，

147

每人背负着二十几斤的仪器，从早晨 8 点半开始，一直走到晚上 7 点。来到东绒布冰川上方，只见一根安全绳绑在山顶的大石头上，往下一看，十分陡峭，他们抓着绳子小心翼翼地往下走，到了沟底，穿过冰塔林，最后还要爬上一个陡坡才能抵达交会点。爬坡时他们的体力已经透支，每走几步都要休息一下。

终于到了东绒 3 点，他们顾不上喝口水，马上就架起重力仪开始测量，因为这样可以保证仪器的零点漂移最小，测得的数据也更精确。一测就是一个半小时。8 点多了，驻扎在东绒 3 点的交会组队员谢敏和王战胜，也完成了当天的工作，大家一起搭建帐篷。风很大，他们费了好大力气才把帐篷搭好，终于可以休息了。

史志刚拿出一个高山小火炉，煮水喝。刚才穿过冰川时，他们每人取了一壶绒布河水。如果没带水来，只能煮冰，看着装了一缸冰，融化了就一点水，还得往里加冰。一小缸冰得煮半小时才开，每个人只能分到两口。晚餐就是几个压缩饼干，很冷，很累，也不怎么想吃东西，史志刚说，那一夜他听着狂风吹打帐篷的声音，几乎彻夜未眠。身下只是一个防潮垫，防潮垫下就是乱石，浑身硌得疼。

第四天，太阳一出来，他们就起身前往东绒2点，测完那个点位的重力值，还要返回二本营，因此一刻都不敢耽误。又是挑战体力极限的一天。

晚上回到二本营，史志刚吃到了热乎乎的面条。大家挤在厨房帐篷里，有的半躺在地上，有的坐在小马扎上，有的站着，天南海北地侃，有说有笑。那是最惬意的时刻，自己的精神和身体都得到了恢复，感觉特别幸福，史志刚说。

到了定日，史志刚洗澡换衣服、刮胡子，然后给妻子和儿子拨通了视频通话，这是出外业时，他和家人最经常的"见面"方式。已经好几天没通话了，有的地方没信号，就算有信号的地方，他也不愿让家人看到自己当时的样子。状态不是非常好，怕他们担心，说着，史志刚低下了头。他还给父母打了电话，问问山东老家的情况，没说自己具体经历了什么，有多苦。父母说你在外面，想吃什么好吃的就买了吃，别心疼钱。这几年，国测一大队测量项目很多，史志刚每年都有八九个月不在家。我问他，完成这次珠峰高程测量任务，你能休息一下，陪陪家人吗？他笑着说，计划都排满了。

三天前，他们从东绒3点往东绒2点去的路上，最后是一个高100多米，坡度近70度的陡峭山坡，就像一个巨大的滑坡体，乱石随时可能滚落下来。他让昝瑾辉在下面看着，自己先往上爬，走一步滑一步，喘一下。用了四十几分钟，他才有惊无险地爬到了点位。下去时更危险，碎石夹着雪，一步踩不稳，我就回不去了，史志刚有时脑海中会出现那段路，一想起来就觉得后怕。"这么多年，这么多老前辈都坚持下来了，别管多苦多累，国测一大队的兄弟们一直往前走着，这也是我坚持下来的动力。"

二本营比交会点舒适，大本营比二本营舒适，定日又比大本营舒适，不往上走，永远难以想象上面有多艰苦、多危险。

交会点上的兄弟们只能煮冰雪喝，如果不下雪，没有冰，他们就喝不上水，因为喝不上水，有的兄弟两天都没小便。说到这里，史志刚哭了，泪水顺着他的鼻尖往下流。

4月28日　珠峰大本营　晴

重回珠峰大本营，远远看见我们营地的帐篷和飘扬的旗帜，亲切感油然而生。

中午正吃着饭，任秀波进来，他拿着一个微型音响，往饭桌上一放，知道这是什么歌吗？大家异口同声回答，《国家测绘队员之歌》。"我们从大地原点出发，迈着矫健的步伐，用双脚丈量神州大地，使命神圣雄姿英发，珠穆朗玛踏冰雪，戈壁沙漠斗风沙。"

今天翻越加吾拉山口时，珠穆朗玛峰被云层遮住。我想起任秀波说过，2005年加上今年，他至少翻过10次加吾拉山口，但每次都遇到云层，没有一次看见过珠峰全貌。你说怪不怪？我觉得珠峰还在等我接近她，任秀波说，他心中依然有遗憾。15年前，准备登顶的任秀波在 7790 米营地接到了下撤的命令，他二话不说执行命令，可他心有不甘啊。当时我感觉身体状态特别好，只要命令我上，我有信心冲上去，他说。我问他，前两天上来时，在加吾拉山口看见珠峰了吗？他笑着说，不告诉你。

15 年前测绘队员没能实现的登顶梦想，今年很有可能实现。今天下午我采访了国测一大队两名测量登山队员，38 岁的刘亮和 35 岁的马强。经过 3 个多月的训练，他们看上去都精神抖擞，十分干练。

在选拔测量登山队员时，大队长李国鹏都没想到，如此危险而艰苦的任务，大家都争着上。国测一大队 200 多名在职员工，报名了几十人，最终选出了 8 人，竞争堪称残酷。

刘亮是国测一大队 8 名测量登山队员中年龄最大的一个，或者说，已经超龄了。报名的通知下来时，刘亮想都没想就提交了申请，为了增加入选的可能性，他在备注里写上：有连续 10 年在西藏的工作经历，爱好攀岩。他还补了一句：前辈们能做的事情，我也一定能做到。最终，他成为三中队唯一入选的队员，这出乎他的意料，也让他欣喜万分。提交申请时，他没告诉家人。入选后，家人的意见出现了分歧。父亲是国测一大队老队员，为自己的儿子感到骄傲。母亲和妻子则满心担忧，爬那么高的山，万一出什么危险怎么办？刘亮反复地劝慰她们：如今攀登珠峰，各方面保障都很成熟了，出意外的概率极低。

马强入选或许和他那一段说走就走的旅行有关。2012年，刚到国测一大队工作不久的他，买了辆摩托车，利用休假时间，沿青藏线骑到拉萨去了。他写的骑行日记当时还在队刊上连载，这让他小有名气。如今，马强的女儿已经三岁半了，问她爸爸去哪了？她还分不清爬山和爬墙的区别，就说，爸爸爬墙去了。马强每年至少有10个月在野外工作，他说和妻女90%的交流都是通过视频。过去视频时，女儿常常没耐心，喊着让妈妈挂断。而这次出来，每次视频她都会问爸爸什么时候回来？每次都不舍得挂断。

从1月到北京怀柔训练基地接受训练开始，他们经历了人生最严酷的考验。刘亮说刚开始的一个星期，他感到十分吃力，每天早晨10公里跑只是热身，有时跑着跑着觉得肺都快炸了，真想一屁股坐地上，但咬牙坚持下来，后来就越跑越轻松。爬北坳冰壁时，一开始喘一口气迈一步，后来喘三口气迈一步，再后来往上卡一下上升器，迈左脚，喘五下，再迈右脚。马强说，最后几米的路程，他是跪在雪上爬上去的。到了北坳的平台上，离帐篷还有十几米，他实在是太累了，靠着毅力一步、一步、一步挪了过去。进了帐篷，他躺在那里闭着眼睛，一句话都不想说。教练看到了喊，马强，不许睡觉，不然让你干活了。

6500米营地，藏族同胞称之为朗玛厅，其实就是夜店的意思，到了夜店，人少不了喝酒，喝得晕乎乎的。到了这里，不用喝酒，人因为缺氧就会晕乎乎的。测量登山队员在6500米营地住了11天。而7028米营地的帐篷大多搭在斜坡上，下面是厚厚的冰雪，早晨起来，帐篷里面结一层霜，一抖，下雪一样。

在极其艰苦的条件下，他们是靠什么坚持下来的？刘亮说，一次次突破自己的极限，是件很爽的事。马强说，我是在一个光荣的集体里执行一件光荣的任务。

国测一大队8名测量登山队员来自不同的中队，相互之间并不熟悉，但3个月下来，大家都成了好兄弟。登顶，当然是每个人最大的梦想。刘亮说，自己马上40岁了，为了梦想再拼一把。这3个月，他跑了500多公里，如果不拼这一下，根本想不到自己还能跑这么多。马强说，他只要到高原来，就会带上母亲送自己的一个香囊，如果他能登顶，也会带着香囊上去，回去送给女儿。

我问，大家都一样经历了艰苦的训练，但最后可能只有一两个人能登顶，如果没有你呢？他们俩的回答是一样的：我们是一个团队，只要有一个人能上去，就是团队的骄傲。上不去当然会有遗憾，但功成不必在我，功成必定有我。

4月29日　珠峰大本营　晴转冰雹转大雪

昨天夜里到今天中午，我见识了珠峰大本营的好天气。天空没有一丝云，微风阵阵，帐篷甚至都不再摇晃，营地中央无时无刻不在猎猎招展的旗帜也仿佛休假了，只是偶尔懒洋洋地飘动一下。

中午时，帐篷里达到34℃高温，不透气，大家直叫闷热，有人甚至脱得只剩一个短袖。这和昨天夜里把自己包裹得严严实实依然瑟瑟发抖，形成鲜明对比。算了一下，温差有40多摄氏度。

吃过午饭，休息了不到一小时，只听帐篷噼里啪啦巨响，外面狂风大作。出去一看，整个天空密布乌云，冰雹正密密麻麻地砸下来。

测量登山队员们都下撤到定日休整，他们已经20多天没洗澡了，甚至连脸都没洗，这几天下去养足精神，然后等待时机冲顶。

计划明天在珠峰大本营举行开营仪式并召开新闻发布会，正式对外发布此次珠峰高程测量的消息。一整天，陈兰芹主任带领大家协调工作、布置会场，这是中国海拔最高的新闻发布厅。

今天凌晨，我见到了有生以来最美的星空。这次来西藏已经40多天了，天气往往都是白天晴好，到了夜晚就多云，所以很难看到璀璨的星空。10年前的一个深夜，我乘车前往阿里途中，路过一个叫帕羊的小镇。我从昏睡中醒来，北斗七星正竖立在前方山上，而我头顶的天空像是洒满了闪光的沙子，更亮一些的组成千变万化的图案，如宫殿，如动物，如海市蜃楼，一个闪亮的童话世界。那一幕深深烙进我的心里，它让我亲眼看到并相信宇宙的存在，它让我知道这世界并非只是日常所见，它让我相信神奇。

而今天凌晨的星空，比我10年前看到的更美，因为天空更蓝，因为有洁白的雪山。除了美，我还能用什么词语？星空，对我来说本就是一个形容词。那么这美呢？美得奢侈，美得惊人，美得残酷。四周一片黑暗，一片寂静。我仿佛站在洪荒年代，贪婪地指认那些星座，半人马和天蝎在雪山的上方，大熊和狮子在我的头顶，还有更多我叫不出名字的，它们与我一起呼吸，与我的眼睛一起闪烁。我突然想起奥地利诗人里尔克的《杜伊诺哀歌》："此刻，若我呼喊/谁会在天使的队列中听到我？"若我呼喊，它们能听到我吗？有一刹那，我甚至又怀疑宇宙的存在，我感到这星空只是一幅画，只是泪水和思念，只是祝福和安慰。我的脚下，是无数的石头，我的头顶，是更多更多的巨大的石头，如果光的意义是照亮黑暗，那么我的意义是看见这光，并使之映在心中吗？

再看珠穆朗玛，这个星球的最高点，她离星空那么近，闪亮的星星就像她头顶的皇冠。偶尔，一颗流星落向她的身后，偶尔，她的身后一阵蓝光闪现。

我，一个渺小的身影，早已冻得浑身打战。我一边往营地走，一边恋恋不舍地回望，仿佛与我对望的是一双双晶莹的眼睛，而我不知道，何时能再次看到它们。星空，一次相遇与别离。

星空，这片星空看见过这里曾是一片汪洋，看见过青藏高原隆起、喜马拉雅耸立，这片星空看见过冰川的形成与消融，看见过动植物的诞生与灭亡，这片星空看着人类从石器时代进入信息时代，这片星空也曾与1975年和2005年的测量者们对视，此刻，它正默默注视着珠穆朗玛峰顶，注视着沿绒布冰川下行，在一片河谷中那灯光明灭的帐篷，有人安睡，有人难眠，它或许知道这是人类又一次试图了解这颗星球的举动，这是人类希望与这颗星球和谐相处的心愿。

4月30日 珠峰大本营 晴转雪

下午，2020珠峰高程测量首场新闻发布会终于召开了。看到新闻报道随后铺天盖而来，所有为之付出过辛劳的人都感到欣慰。

前方宣传组在陈兰芹主任的带领下，一周前就开始筹备这次新闻发布会。这是第一次向外界发布2020珠峰高程测量的消息，必然会受到极大关注，所以我们尽最大可能使其完善。

陈兰芹主任56岁了，她像个大姐一样和我们相处，前方宣传组每天工作之余欢声笑语不断，彼此间产生了深厚感情。这几天，陈主任从早晨起来一直到深夜都电话不断，联系发言人，送审稿件，她还带着我们提前到珠峰大本营选择布置会场。今天上午，只见她在大本营各个帐篷和会场间快步走来走去，这可是 5200 米的海拔啊。

发布会前一个多小时，媒体得到了直播允许。我们报社要用自然资源部官方微博直播，高悦、隋毅我们三个抓紧时间测试网络，和后方同事商议直播流程，直到开始直播前一分钟才做好了准备。

新闻发布会是在小雪中开始的，结束时下起了鹅毛大雪。冒雪回到帐篷，我用最快速度把今天的照片、视频、稿件发回报社，这时，身体和思想的发条终于松弛下来。我坐在床上，不想说话，脑子极度亢奋却又一片空白。雪下得更大了，雪花从帐门下面拉不严的地方往里钻。

这时外面有人喊，快收拾东西，准备走，不然回不去了。记者队伍要下撤，我突然决定留下来。我在大本营住得挺好，除了白天风有点大，除了晚上有点冷，除了夜里难眠，除了上厕所不方便，其他都挺好。一出帐篷就能看到珠峰，四周的旷野和群山令人心情舒畅，有时一天就能经历四季，如果运气好，夜里还能看到绝美的星空。再就是，每当经历一段集体生活后，我总是渴望独处，独处时才能让这段时间沉淀下来，成为内心的一部分。

就像今夜，我一个人住在6人帐篷里，天空乌云散去，繁星点点，而我和繁星只隔了一层帐布。这样的夜晚，一生中能有多少呢？对面帐篷里，测绘队员们聊天的声音偶尔传来，一天辛劳，夜晚对他们来说也是美好的。

下撤休整的兄弟们晚上还给我拨了视频通话，我知道他们心里挂念我。在珠峰大本营，遇到一个人，哪怕暂时还不认识，都会彼此点头微笑，大风和严寒中，一个微笑，一句问候，都是那么温暖。在野外执行测绘任务的无数日日夜夜里，测绘队员们正是这么相互温暖着度过常人难以想象的艰苦。

有一次，我们在微信群里谈论测绘队员多么辛苦，席科发来一段话：因为他们见的都是祖国的大山大川，所以他们的心胸很坦荡，辛苦对他们来说只是一种生活体验，无论在什么条件下他们都能找到乐趣，他们早已习以为常，他们不怕苦，他们怕的是谈情（爱情、亲情、友情）。我说，那就让我们把他们的情说出来。

换一个角度想，测绘队员们幕天席地，以山河为伴，是多么浪漫的事情啊。测量珠峰，又是多么浪漫的事情啊。这星球上最高的山峰，祖国的山峰，我们敬畏她，热爱她，所以更要了解她。如果我能表达出这浪漫情怀的一小部分，我就满足了。

5月1日　珠峰大本营　晴

4月的花香还未嗅到，就已到5月。没什么可遗憾的，我有4月的云和雪山，4月的领悟和感动。在我平淡的人生中，这段日子注定会像珠穆朗玛峰一样，让其他的日子仰望。

劳动节，珠峰大本营无人放假，珠峰周边的测绘队员们也无人放假。下午，任秀波带领大本营的兄弟们，在营地中央的旗帜前站成一排，一起对着镜头说：国测一大队在珠峰脚下，祝全国劳动者节日快乐！说完，他们一个比一个笑得灿烂。

今天，我又见到了谢敏，格外亲切。我说谢哥，你怎么上来了？他说上来送些物资，明天交会组的兄弟们都要上来，直接入驻二本营。交会组下山休整已经10天了。说是休整，其实一天也没闲着，整理前期测量数据，在定日周边开展 GNSS 测量，测试国产的超长距离测距仪。距离峰顶最远的交会点在大本营，18.3 公里。他们在定日周边找了个山头，竖立起觇标，然后远离 18 公里外，反复测试仪器，确保峰顶交会测量万无一失。

谢敏的脸色好多了，皮肤也恢复了光泽，和我上次在大本营见到的他，变了个模样。可我知道，明天到二本营，之后再到交会点，用不了几天，他的脸又会变黑，皲裂。

劳动节，我完成了自己的第一次直播，虽然只有不到 10 分钟时间。4 点正式开播，刚过 3 点，我就在后方同事的指挥下开始直播测试。风大，站在营地外，我戴着降噪耳机，两个耳朵依然嗡嗡直响。从进入直播画面到开始说话那几分钟，我特别紧张，心里不断地想一会儿该说什么。今天直播的内容是探营，由我带领观众探访珠峰大本营。开播后，我也没心思想别的了，脑子里有什么就说什么，可是脑子里一会儿空白一下，一会儿又冒出太多东西。我又害怕冷场，所以语速特别快，步伐也不自觉地加快，于是就开始有些喘。本来打算播 10

~15 分钟的，结果 8 分钟我就把话说完了。直播结束后，周星社长在工作群里鼓励我，说我播得很棒，其他同事也都给我打气。但我知道，我应该从容一些，节奏慢一些，但愿下次能做到。

劳动节，晚饭大家吃上了臊子面，不去餐厅，去厨房，每人一碗，吃完还能再去加。看着诱人的辣子和卤汤，我不禁默默咽下了口水。我知道这是大厨刘宏炜的作品，前几天他就想做面给兄弟们吃，因为机器故障没能成功，这让他不停地自责。刘宏炜今年 54 岁，早些年也是从事测绘业务的队员，因他做饭好吃，出外业时，兄弟们就请他做饭，久而久之，他就离开了测绘岗位，如今在大队人事科负责老干部工作。这次珠峰测量，他主动请缨来为兄弟们做饭，变着花样满足兄弟们的胃口。住到大本营后，他快一个月没下去了。我说，您下去洗个澡啊。他笑着说，不要紧，不要紧。国测一大队的队员们分不同的工种、不同的岗位，这次珠峰高程测量，也各有各的角色。但许多人都对我说过，队员们根本没什么高低之分，大家都是兄弟，互相关心帮助，每个人都心甘情愿地在自己的角色上默默付出。

劳动节，大本营的鸟儿似乎异常兴奋。午饭后在帐篷里休息，外面叽叽喳喳的叫声，让我仿佛回到了山东的乡村。黄嘴山鸦成群结队，雪鸡经常来营地参观，根本不怕人，下午我还看见两只鸽子在营地中央的碎石上休憩。营地旁的山坡上，不时有岩羊在"练习攀爬"。在登山遇难者墓地那边，我还看到过两只旱獭，一只没等我走进就十分警觉地窜到了山坡下面。另一只，站立在原地盯着我，等我往前迈几步，它飞快地钻进了珠峰清洁环保纪念碑下面的洞里，那里应该是它的家。不远处，绒布河里有两只叫不出名字的鸟儿像一对鸳鸯，相依相偎，发出好听且响亮的叫声。最让我惊奇的，是昨天新闻发布会召开前，一只浑身金黄的小精灵飞快地从营地帐篷间窜过，像是松鼠又不是松鼠，像是黄鼠狼又不是黄鼠狼，速度太快，我根本看不清，它的体型十分匀称，那一闪而过，留在我的记忆里。

前天傍晚，我对着珠峰架好机器拍摄延时摄影，一队往上运输物资的牦牛从山沟里下来，一开始还有人在前面领路，到了登山营地，就没人管它们了。头牛带领着牛队朝我这边走来，或许是我穿的红色羽绒服引起了他们的警惕，头牛走两步，停下来，牛队也走两步，停下来。它们身上都覆盖着白雪，有的挂着铃铛，声音十分悦耳。他们从我身边走过，又继续前行。看着他们远去，我很想知道它们去往哪里，它们应该认得回家的路吧。那时远处一片苍茫，夕阳的余晖在珠峰顶上映着浅浅的红光。我突然想起那句诗：远在远方的风比远方更远。

5月2日　珠峰大本营　大雪转晴转大雪

　　昨夜，月亮周围有一个大大的光晕，我在心里说，天气要变了。早晨，我拉帐篷门的拉链，刚拉开一点，就感觉有些洁白的事物要往里钻。拉上去，眼睛不由得睁大，帐篷外已厚厚的一层雪，天空中，雪花还在纷纷扬扬地飘落。我走出去，完全是白色的世界，天空和大地融为一体，除了营地的帐篷，除了营地上方飘扬的旗帜。我踩着厚厚的雪，试着向一片混沌中走去。

　　我喜欢雪花飘落的姿态，无论世间如何，它们都有自己的节奏，并且是飘，而不只是落。"第一次看到雪我感到惊奇，感到/一个完整的冬天哽在喉咙里"。这是张曙光的诗，这首诗哀悼母亲，写雪的死亡寓意。"我又开花了/纷纷的白火焰，烧毁了冬天"。这是任洪渊老师的

169

诗，这首诗写爱情，写飞扬的生命力。那么，此刻的雪下在我心里是什么形态呢？我踩着厚厚的雪，向一片混沌中走去。我感到一种辽远的凄美，大雪送我充盈天地的洁白，我从洁白中来，到洁白中去，此刻我正站在洁白的中间，向前看和向后看都是一片苍茫。

而诗意很快离我而去，我突然想到，今天交会组的兄弟要上来，还要徒步前往二本营，宣传组的兄弟也要上来，这么大雪，怎么办呢？

还好，太阳登场了，先是雪花在阳光里飘，后来，天空收回了他白色的信件。帐篷顶上的雪开始融化了，队员们都在从里面拍打篷顶，把雪震下来。我也赶紧学着他们的样子拍打，但已经有些晚了，融化的雪水已经把我电脑旁的帐篷布浸湿。到中午时，除了四周山顶上，其他的雪都化完了。当帐篷里的温度升高到30℃时，李国鹏带领着兄弟们陆陆续续都到了。这是我见过大本营最热闹的时刻，队员加记者一共50多人。大家有说有笑，温情满满。

午饭时，餐厅坐不下，许多队员就端着碗在外面吃，有的站着，有的蹲着。我看见韩超斌正蹲在帐篷边吃饭，就过去和他一起吃。

今天要上去？我问他。

是的，一会儿就走。他说。

为什么上去这么早？测量登山队还在定日休整呢。我说。

队员们在下面10天了，再上来还需要适应，我们先上去适应两三天。在上面心里踏实。他说。

交会组的队员们将在二本营等待测量登山队的消息，当测量登山队开始向峰顶冲击时，他们会提前到达各交会点等待，一旦峰顶竖立起测量觇标，就立即进行交会测量。交会组再次向二本营进发，也意味着2020珠峰高程测量进入冲刺阶段，现在万事俱备，只待好天气。

不一会儿，交会组队员薛强强也端着碗走了过来。我问他，上来之前做好准备了吗？他说，昨天测试仪器，回到酒店都夜里10点了，抓紧时间给仪器充上电。我问，你洗澡了吧？他笑着说，洗了，不洗不行啊，这次上来，我们打算一直待到胜利那天了。

昨天，薛强强和李科在加吾拉山顶竖立起觇标，并且不时调整觇标方位，以供山下的兄弟们测试仪器。山顶海拔 5200 米以上，昨天风又格外大。他俩冷得直发抖，找到旁边一个通信基站的小房子，躲在房子一侧避风。在山顶待了三四个小时，薛强强腿都冻麻了。真后悔没穿羽绒裤，他说。

吃过午饭，交会组队员们就开始认领各自的仪器，准备前往二本营。临行前，在大本营的所有队员列队合影留念。之前，兄弟们分散各处执行测量任务，今天可能是这次测量过程中聚得最齐的一次。

下午我完成了自己的第二次直播，依然是探营，主要介绍队员们的日常饮食。自我感觉比昨天表现得好一些，但有些想好要说的内容却忘了说，还是紧张啊。

直播还没结束，大本营就下起了冰雹，继而是大雪，比早晨更大的雪，狂风又吹着帐篷直摇晃。不过今天我不再独居，和我一起共度寒夜的有高悦，还有新华社的年轻记者魏玉坤和武思宇。今夜，留守大本营的测绘队员也很多，隔着帐布，不时能听到他们商量工作的声音，聊天的声音和笑声。

雪还在下，此刻，我又在一片洁白中。愿二本营同样在洁白中的兄弟们一切安好。

5月3日　珠峰大本营　晴　下午大风

　　早晨起来，昨夜的云朵不知是飘荡到山的那边，还是躲藏在天空蓝的里面，珠穆朗玛峰耸立天际，在眼前闪着耀眼的白，大家都不由自主地把相机对准她的方向。真是难得的好天气。

　　吃过早饭，营地中架起一台光学测距仪，对着珠穆朗玛峰顶。有测绘队员在通过仪器观望。经得他们同意后，我小心翼翼地把眼睛凑到镜筒前。哇，峰顶清晰可见，如果此时竖立着测量觇标，我也一定能看到它。只不过从镜筒里看到的珠峰是倒立的，雪山在上，蓝天在下。这仪器木质三脚架上的漆已斑驳。保护仪器的球顶圆柱形金属外罩，我经常在测绘队员的老照片上看到，它是上世纪的"古董"了，按理说应该退役了，为什么又把它带来呢？珠峰高程测量现场副总指挥张庆涛说，如今常规的测量任务已用不上它了，但珠峰测量比较特殊，大本营距峰顶 18 公里，距离较远，把它"请"来，是为了用光学手段辅助测量，增加一种手段，也为测量精度多加了一个砝码。

我在一旁仔细看着这台光学测距仪，不禁脑补出了许多画面，多少测绘队员曾背着它走过荒漠戈壁和高山雪原，那已锈迹斑斑的金属外罩上曾沾染过多少队员的汗水啊。它出现在珠峰大本营，似乎把老一辈测绘队员对测绘事业的热爱与期望也带到了这里。

上午，营地里来了 8 位藏族同胞，他们是珠穆朗玛峰上的背夫。其中一位看上去年纪稍大，其余 7 位都是二三十岁的小伙子。珠峰大本营再往上，车辆无法通行，所有物资运输都要靠牦牛驮，靠人背。珠穆朗玛峰上的背夫默默无闻，但每次攀登背后都少不了他们的汗水。

今天，有一批物资要从大本营运送到二本营，于是就把他们请来了。他们来到营地后，厨房送来了油饼，每人一个，先垫垫肚子，补充体力，二本营将准备他们的午饭。

生产负责康胜军带着他们分配任务，所有物资尽可能平均地分成 8 份。接下来，他们开始抓阄了。抓阄的方式非常有趣，每人从地上捡一块小石头，记住自己石头的样子，统一交到一个人手中。拿石头那人随机将 8 块石头分别放在 8 包物资上，谁的石头放在哪里，谁就负责把那包物资背上去。他笑着对我说，这样多简单，不用纸、不用笔。是啊，珠峰大本营遍地都是石头，有时候，石头就是纸，石头就是笔。

任务分配好了，物资用绳子捆好了，他们坐在石头上晒太阳，稍事休息。我用手掂了掂其中一包，大概四五十斤重。从大本营到二本营四五公里，他们负重上去，大概要两小时左右。康胜军给他们每人又发了两瓶运动功能饮料和一个橘子，嘱咐他们一定注意安全。

其实我之前见过他们。有一天 8 点多钟，天都快黑了，他们从山上下来，往绒布寺的方向走去。看着他们离去的背影，我想，难道他们住在绒布寺？此去绒布寺七八公里，他们冒黑行路，太艰难了。今天才知道，原来他们的家都在 20 公里外的曲布村，如今在大本营外一公里处搭帐篷住，已经一个月没回家了。

　　从二本营到各交会点，测绘队员们常常要和他们结伴而行。今天，我问他们中的几位，对测绘队员有什么印象？都是竖起大拇指，有的说：了不起。有的说：真棒。还有的说：人很好。

　　下午，久违的超级风再次光临，营地中央旗帜飘扬的声音放大了几倍。测量登山队员结束了在定日的休整，重返珠峰大本营。晚饭后，我采访了测量登山队员王伟，不知不觉聊了一个多小时。27岁的小伙子英姿勃发，他讲起在训练过程中发生的故事，似乎整个人都闪着光芒。他说，重返大本营，既紧张又激动。之前他们最高登到了7400米，这段路漫长而艰难，心中难免紧张，但一想到下次再上去就很可能直取胜利，每当远远望着珠峰峰顶时，他都激动不已。

5月4日　珠峰大本营　晴转雪转晴

五四青年节。上午，李国鹏、张庆涛和测量登山队队长次落带领队员们爬上了珠峰大本营旁的山坡，在冰雪上模拟练习峰顶觇标竖立和仪器操作。

那是一块稍稍平缓的斜坡，大家在上面划出了约为3个珠峰峰顶面积大小的范围，轮流练习操作仪器。我第一次见到了测量觇标，铝合金的杆和三角支架，上部是一个倒立的圆锥形，缠满了红黄色的布带，6个光学棱镜闪着光亮，觇标顶部安装有 GNSS 接收天线。觇标的底座用冰锥固定在冰雪里，三角支架同样用冰锥固定，顶部还有3根固定绳，确保觇标在峰顶的大风中屹立不倒。我之前反复看过1975年珠峰高程测量和2005年珠峰高程复测觇标竖立在峰顶的照片，它在我心中甚至有一种神圣的感觉。觇标象征着胜利，象征着欢呼。我相信，过不了多久，我眼前的这个觇标就会竖立在珠峰之巅。

明亮的阳光照耀在珠峰大本营和队员们脚下的冰雪上，天空蓝，蓝得白云无处躲藏。看着这些测量登山队员，这些朝气蓬勃的青年们，他们时而专注，时而欢笑，那笑容如阳光般灿烂，如天空般澄澈，我突然感到美好，突然觉得这场练习就像一次团日活动，海拔最高的团日活动，青春与激情、光荣与使命并存的团日活动，我多想成为他们中的一员啊。

下午，我又一次爬上那个山坡。今天直播的内容是介绍队员们在珠峰上怎样用水。我们要爬到山坡的上面寻找水源。直播时风特别大，我必须戴上羽绒服的帽子，不然耳麦根本收不到我的声音。我们从半坡开始沿着输水管道往上走，脚下是雪，雪下面是坚硬的厚厚的冰。终于找到了，冰雪之下，流水汩汩地涌出，一个底部剪开的矿泉水桶放在流水中，将水引入管道，继而引入营地。到了夜晚，为防止管道冻住，要把接水的矿泉水桶拿出来，相当于关闭了总阀门，早晨再放进去。

2005 年，队员们饮用水，都要开车去三四公里外的"绒布神泉"接，每次接满七八个 25 升的大桶，用完再开车去接。这次大本营的用水方便多了。但是在二本营和交会点上，水依然来之不易。

好几天前，高悦就想着今天是青年节，我们合作拍摄了青年测绘队员的短视频，他还为青年节写了篇青年测绘队员的人物通讯。中午吃过饭，我一进帐篷，就听他说：哎呀，今天是我爸爸的生日，差点忘了。他赶紧给爸爸打电话，祝爸爸生日快乐，告诉爸爸自己一切都好，不要担心。

傍晚前一场狂风暴雪，傍晚时分，雪停了，云散了，阳光从西边斜照在珠穆朗玛峰上，我第一次看到了盼望已久的金顶。珠穆朗玛峰就像一座金字塔，竖立在天边，在这星球的最高处。

今夜，我们 6 人帐篷里摆了 7 张床，一下热闹起来，可身体依旧感到寒冷。今天是我离开家第 50 天，而明天立夏，在此刻的冰冷中，立夏这个词和家一样，离我遥远。

关于青年的标准，有不同的说法，后浪和前浪，你是哪一浪呢？人生就像大河，有很多支流，有一天，一条喜悦的河注入进来，将我命名为父亲，有一天，一条悲伤的河注入进来，将我命名为孤儿，而这条河一直流动着，有时甚至感觉不到它在流动。而我，有心中的方向，这方向不是支流所能改变的。前浪和后浪，你是哪一浪呢？我们需要其他人的命名吗？

5月5日　珠峰大本营　晴转雪

凌晨4点半，我的闹钟响了。据说这时，银河会从珠峰东边的山后面移到珠峰的正上方，而月亮会移到西边的山后面，天空繁星闪亮。我做了大约5分钟的思想斗争，起来还是接着睡？实在太冷，从睡袋里出来需要很大勇气，可错过了看银河的机会，我一定会遗憾万分。于是我咬着牙钻出睡袋，一件一件穿衣服，抓绒衣、羽绒服、羽绒裤，立夏的凌晨，我武装得像个宇航员一样出门了。

上次看星空是凌晨2点钟，天蝎在珠峰的东边，北斗七星在天顶。4点半，天蝎到了珠峰的西边，北斗七星勺子朝下，立在珠峰对面的天边，那勺子越发大了，仿佛它再沉下一些，就能从天边舀出曙光来。银河不像一条河，而像一条细长的嵌满宝石的绸带，像一片闪光的彩云，从珠穆朗玛的头顶伸出，横跨整个天空。我安静地站在黑暗的旷野中，像个接受洗礼的孩子。5 点半，云朵突然从四面八方的山后向天空中央聚拢，仿佛给满天的星星盖上了羽绒被。我想，星星该睡觉了，人间该醒来了。可眨眼的工夫，云朵又飘散得无影无踪，莫非他们在玩"快闪"。

今天下午，中国自然资源报社党委书记、2020 珠峰高程测量前方宣传组第二阶段组长徐志军入住珠峰大本营。下午，测量登山队员又在大本营旁的山坡上训练，和昨天相比，他们操作仪器更加熟练了。珠峰天气瞬息万变，大家都在等待好天气，一旦窗口期来临，一声令下，队员们就会向峰顶进发。

最近采访了几位测量登山队员，其中一位名叫邢雄旺的队员是"测三代"。1975 年珠峰高程测量时，邢雄旺的爷爷是中国测绘科学研究院的炊事班长，每天晚上，他都提前准备好食材和调味品，盯着办公楼，灯一熄灭，他就知道科研人员加班结束了，赶紧为大家做夜宵吃。2005 年珠峰高程复测，邢雄旺的叔叔在原国家测绘局财务司工作，负责为测量任务采购仪器和装备。这次珠峰高程测量，邢雄旺毫不犹豫地提交了申请书。得知他入选测量登山队后，叔叔特别高兴，不断地打电话、发信息鼓励他。

在6500米前进营地，邢雄旺和队友们进行了12天适应性训练，那时前进营地没有手机信号，他12天没和家人联系。下撤那天，到了5800米营地，手机终于有信号了。邢雄旺第一时间给妻子拨打视频通话，他知道妻子牵挂他，他也牵挂妻子和两岁半的儿子。电话接通了，妻子看到邢雄旺，听到他的声音，就把头转过去不吭声了。邢雄旺看着她抖动的肩膀，知道她在哭。丈夫12天没消息，难道是爬山遇到了危险？她哪一天不焦虑重重，不胡思乱想，不彻夜难眠？邢雄旺也12天没洗脸了，脸上晒得一片乌黑，他怕妻子看清楚了更加心疼，连忙把相机镜头反转，对着美丽晶莹的冰塔林，转移话题，让家人欣赏美景。邢雄旺说，就像珠峰是世界最高峰一样，在很多测绘人心中，参与珠峰高程测量也是最高的荣誉。

吃过晚饭，为了消除自己关于重力测量的几点疑惑，我采访了国测一大队总工办副主任何志堂。何志堂是重力测量专家，2017年入选"大国工匠"。他曾前往南极，使我国首次在南极建立了重力基准，也曾在珠峰地区海拔5300米的点位，测定出我国目前最高的绝对重力值。何志堂待人和蔼，非常耐心地解答我的问题，很形象地向我讲述了重力测量的知识。我们像聊天一样有说有笑，有时我把他讲的专业知识打个比方、用另一种方式重述，问能不能这么说？他盯着我看一会儿，说，你很懂啊。我赶紧说，都是现学现卖。采访结束时，他说，我记性不好，很多人接触几次，总是记不住，但我一定会记住你。我说，这是我的荣幸。

此刻，大风又吹得帐篷不停摇晃。我还有一篇稿件要赶出来，今夜不知几时入睡。几千公里外，北京复兴门外大街，中国自然资源报社编辑部也灯火通明，同事们正紧张地编辑明天的报纸版面。

我现在最大的愿望就是——好天气快快来临。

重力测量：为了珠峰"身高"更精确

"重力测量对珠峰高程测量具有重大意义，用于珠峰区域大地水准面精化、构建高精度的重力场模型等，为精确测定珠峰高程起到极为重要的作用。"自然资源部第一大地测量队四中队（重力中队）队长康胜军说，重力测量成果也可用于冰川变化、地震、板块运动等问题的研究。

重力测量是测定地球表面的重力加速度值。测定重力值可以利用与重力有关的物理现象，例如在重力作用下的自由落体运动、摆的摆动、弹簧伸缩等。重力测量分绝对重力测量和相对重力测量。绝对重力测量是测定重力场中一点的绝对重力值。近年来由于激光干涉系统和高稳定度频率标准的出现，使自由落体下落距离和时间的测定精度大大提高，如今普遍采用激光绝对重力仪进行绝对重力测量。自然资源部第一大地测量队总工办副主任何志堂介绍说，绝对重力测量对温度、湿度等外界环境要求苛刻，测量难度较大，在高原地区测得一点的绝对重力值有时甚至需要一周的时间，此次珠峰高程测量在珠峰周边测得两个点的绝对重力值。绝对重力值类似于水准测量中的基准点，在珠峰高程测量中，更多的还是进行相对重力测量。

类似于水准测量是测定两点间的高程差值，相对重力测量是测定两点的重力差值。何志堂介绍，现在普遍采用弹簧重力仪进行相对重力测量，在不同的位置，受重力影响，弹簧伸缩的程度不同，根据两点弹簧的变化差异获得重力差值。

康胜军介绍说，自然资源部第一大地测量队已经在珠峰周边进行加密重力测量 190 点。通过对各重力测量点数值的计算，可获得此地区重力场信息。

"重力场信息的重要性，直白地说就是能够给传统大地测量手段所得的数据和现代大地测量手段所得的数据搭建一个桥梁。"何志堂说，传统大地测量手段比如水准测量、三角高程测量，可以测得珠峰高程数据。而基于电子、卫星等的现代大地测量手段，比如 GNSS（全球卫星导航定位系统）也可测得珠峰高程数据。但这是两个系统，测得的数据如何有效互相校正、互为补充，这时就需要依靠重力场信息。

2005 年珠峰高程测量，队员任秀波和柏华岗曾把重力测量推进到 7790 米，创下了重力测量最高海拔的世界纪录。这次，自然资源部第一大地测量队在确保安全的前提下，计划在珠峰峰顶开展重力测量。康胜军介绍，登山路线重力测量可获得真实、精确的路线和峰顶的重力数据，为后期精化大地水准面及地球重力场的构建提供宝贵的数据。

"此次珠峰高程测量重力仪选用基本与 1975 年、2005 年类型接近的国产高精度重力仪。在原有仪器的基础上，我们与仪器厂商一起，针对珠峰地区特有的自然环境进行了进一步改装，从而确保更适宜珠峰地区使用。"康胜军说。

5月6日　珠峰大本营　晴

今天值得铭记。

2020珠峰高程测量登山队向峰顶进发了。

这个决定是早晨做出的。气象预报显示，5月10日以后将有一个窗口期。队员们今天出发，在5800米前进营地宿营，明天抵达6500米前进营地休整，根据天气情况先后攀登至7028米北坳C1营地、7790米C2营地和8300米C3营地，择机冲顶。国家登山队队长王勇峰在接受采访时说，目前预计登顶时间是12日，但珠峰天气变化无常，一切都还要看天气情况。

上午，测量登山队员接到通知后，抓紧时间收拾个人物品，并且将峰顶测量仪器分类整理好。在大本营的会议室里，仪器整齐地摆满了长条桌，觇标、GNSS接收器、雪深雷达探测仪、重力仪，一样两个，并排放着，其中一套备用。11点钟，李国鹏召集测量登山队员开会，其实就是和大家见个面，临行前的叮咛。李国鹏给大家鼓劲说，国测一大队和国家登山队是两支英雄的队伍，这次强强联合，一定能圆满完成任务。队员们经过4个多月的相处，亲如兄弟，无论最终谁能登顶，都是团队的荣耀。李国鹏嘱咐队员们一定要谨慎心细，稳定情绪，把平时训练的技能发挥出来，保护好自身安全。2005年珠峰复测攀登到7790米高度的任秀波和柏华岗再次向队员们分享了经验，他们叮嘱兄弟们，一定不要忽视细节，严格按照规范攀登，确保安全，确保完成任务。简短的会议结束后，队员刘亮、邢雄旺、李艺递交了入党申请书，每一份都是厚厚的一沓信纸，工整的字迹书写着他们的信心和决心。

出征仪式下午1点半举行，测量登山队员在营地列队站好，全副武装。大背包里装着他们的个人用品和测量仪器。李国鹏和西藏自治区体育局局长尼玛次仁作了简短的讲话，李国鹏激情澎湃，几乎是喊出来的。昨天晚上聊天时，李国鹏满脸络腮胡，他说等任务完成了，我再刮胡子。作为队长，作为测量现场总指挥，他的压力可想而知。这一刻，是他盼望的时刻，他有满怀的激情需要释放。仪式最后，王勇峰高声发布了出发令：2020 珠峰高程测量登山队向峰顶进发！

i 自然全媒体现场直播了出征仪式，队员们列队出发时，我们跟着他们的脚步向前走。我突然非常激动，直播的声音逐渐放大，最后甚至也是喊出来的。此情此景，很多话一下就从心里涌上来。我说他们是沿着先辈的脚步攀爬，他们沿着 1975 年郁期青到达 7028 米北坳的脚步，他们是沿着 2005 年任秀波到达 7790 米的脚步，这次他们中的某几位还将继续向上攀登，直至峰顶。我说他们是中国新一代青年，他们挥洒青春与梦想，为了光荣的使命，他们必将创造属于自己的新一代的辉煌。这场直播我进入了忘我的状态，跟着队员们的脚步，我感动和激动得想哭。我和他们击掌，我和他们握手，我冲着他们大声喊：加油，兄弟。

跟着他们的脚步，我和高悦一直走到沟口。结束直播后，回头一看，原来走了这么远，之前簇拥着队员们直播的各家媒体记者都已经不见踪影。高悦因为走得太快，累得瘫倒在地上。而我，还没有完全平静下来，那种感觉就像刚刚经过了一场酣畅淋漓的释放，就像刚刚写完了一首诗。我是幸运的，能够亲身经历这一时刻。我是幸运的，能够对着大家把心中的话说出来。

现在，测量登山队的兄弟们应该已经在 5800 米营地的帐篷里，寒风一定吹得帐篷四处摇摆。但愿他们能睡个好觉。明天他们就要向 6500 米前进营地进发了，祝愿他们一切顺利。

5月8日　珠峰大本营　晴转雪

昨天，我下撤到定日休整，洗澡，洗衣服，为最后的"战役"做好准备。

今天，我返回珠峰大本营时，二本营交会组的兄弟们也都"上点"了，准备"决战"。珠峰脚下6个交会点，除了大本营的之外，其他5个都难以到达，环境艰苦。

III7点位于二本营附近、珠峰登山路线前进方向东侧山坡上，海拔5700米，比二本营海拔高出400余米，上山路线多是风化的岩石和破碎石，上山坡度陡、难度大。

中绒点位于中绒布冰川东侧山坡的岩石上，海拔5500米，距离二本营步行需四五个小时，难度较大。

东绒 2 点位于 5800 米营地附近，登山路线前进方向西侧半山坡的岩石上，海拔 5900 米，需要穿过东绒布冰川，难度较大。

东绒 3 点与东绒 2 点对望，登山路线前进方向东侧山坡岩石上，海拔 6000 米，是距离珠峰峰顶最近的交会点，上点需爬下冰沟，穿过冰塔林，再攀爬上陡坡，难度极大。

西绒点位于中绒布冰川西侧半山的岩石上，海拔 5600 米，距离二本营较远，需要穿越中绒布冰塔林，并攀爬 300 多米高的陡峭山坡，难度极大。

交会组兄弟们，每小组两人，今天开始分别驻守在这 5 个交会点上。如果测量登山队能够按照计划 12 日顺利登顶，他们也至少要在点位上坚守 5 天。点位上没有电、没有水，风大、寒冷，兄弟们喝水要煮雪化冰，吃饭就是方便面、卤蛋、压缩饼干。我想写下他们每个人的名字：III7 点田锋、李科，中绒点李锋、宋兆斌，东绒 2 点李飞战、孙文亮，东绒 3 点谢敏、王战胜，西绒点程璐、薛强强。还有大本营交会点的郑林和武光伟。大本营交会点虽然便利，但是距离峰顶最远，观测难度较大。

测量登山队正在 6500 米前进营地休整，原计划明天攀上北坳冰壁，在 7028 米北坳营地宿营。但下午我得到队员的消息，因为天气原因，向上攀登的时间暂时推迟。这样也好，队员们可以在 6500 米营地多休整一天。但愿预计的窗口期没有改变。

下午，我在大本营完成了自己的第 5 场直播。今天的主题是大本营的环保设施。经过之前的锻炼，我已经不那么紧张了。大本营的生活垃圾和餐厨垃圾分类处理，生活垃圾集中清运出去，餐厨垃圾送到餐厨垃圾处理集装箱的处理器中。此外，还有专门处理生活污水的集装箱。在二本营和各交会点的测量队员们，也都要把生活垃圾背下来，送到大本营的垃圾收集站。经过这段时间的相处，我发现队员们都自觉保护珠峰的环境，在地上哪怕看到一个烟头都会捡起来。

中午阳光明媚，风也温柔。自我第一次来大本营起，一直刮南风，今天却异常地刮起了北风，难道这是窗口期要到来的预兆？但下午的直播刚结束，就下起了雪，气温骤降。现在敲字，手指头都冻得发麻。我总是想起交会点的兄弟，他们蜷缩在小帐篷里，在寒风中如何度过呢？明天一早，我出发前往二本营，在那里采访并休整一晚，后天去东绒3交会点。我要去看看谢敏和王占胜，我要去亲身体验他们的工作和生活环境。

明天早晨，我要听一首叫《风是外衣》的歌，原中国国土资源报社几个喜欢爬山的同事成立了户外运动协会，这首歌是会歌。想起来那是十年前的事了，那时大家充满青春活力，说走就走。后来大家生活越来越安逸，越来越没有波澜，冷了热了，有一点不舒服就叫苦不迭，一步步向油腻的中年迈进。感谢珠穆朗玛给了我找回勇气和激情的机会。

今天上午翻越加吾拉山口时，我又一次看到喜马拉雅群山，虽然珠穆朗玛的峰顶被云层遮住，依然美得令人惊艳。这次上来，再回去可能就是回家了，那么，我还有一次看到她们的机会。

或许因为写诗的缘故，有为世界命名的冲动，我对人和事物的名字特别敏感。有时童心未泯，总觉得念她们的名字就像念咒语：马卡鲁卓奥友。珠穆朗玛希夏邦马。

总觉得念了这咒语，世界就会打开一扇美好的门。

5月9日　珠峰二本营　晴

一夜严寒，风不住地往睡袋里钻。早晨天晴风静，珠峰顶上没有一缕云。一架飞机从蓝天飞过，如鹰一般，大家纷纷走出帐篷，抬头仰望，中国地质调查局的"航空地质一号"来了。

这是我国首次在珠峰区域开展航空重力和遥感综合调查，不仅将填补相应数据空白，还将提升珠峰地区大地水准面模型的精度和分辨率，使测得的珠峰高程更加精准。

上午得到一个不好的消息，昨天早上，修路向导和运输人员从前进营地出发，攀爬北坳冰壁，当他们攀登到海拔 6700 米的时候，发现攀登路线上雪很深，有发生流雪雪崩的风险，于是撤回。今天，雪崩危险依然存在，指挥部决策，全体队员下撤大本营。

下午 7 点多，我在二本营看见一批测量登山队员从山上下来，正是我熟悉的国测一大队队员。天开始下雪了，风很大，气温很低。他们路过二本营时和交会组的兄弟们打招呼。我和邢雄旺聊了几句，他精神状态很好，说这次在 6500 米营地感觉适应多了。但是客观因素谁也无法左右，队员们的安全是最重要的。看来第一个窗口期肯定错过了，大家只能等待下一个窗口期到来。

席科、周磊、张兆义我们将近下午 5 点从大本营出发前往二本营。原计划今天在二本营住一夜，明天前往东绒 3 点。所以早晨我们收拾行囊，都是按照这一计划准备的。每个人的背包加上睡袋至少 15 公斤重。我还带了电脑、各种拍摄设备和充电器，甚至还把金属温度计带上了，想测一下东绒 3 点的温度比大本营低多少。二本营的物资都是靠人力背上去的，不少队员借着上去的机会，给兄弟们背点好吃的。张兆义包里几乎没装任何个人用品，全是给兄弟带的补给，这已是他第二次背东西上去了。

计划没有变化快，上午测量登山队决定下撤休整，东绒 3 点的谢敏和王战胜也收到了下撤的指令。我们暂时不能到东绒 3 点去了，但我想行囊既然收拾好了，就都带上吧，到了二本营再说。事实证明我有点轻视从大本营到二本营这段路程。负重行走和上次两手空空是完全不同的体验，背着 15 公斤重的行囊，感觉背后总有力量在拉着我，又顶着风，刚走一公里就感到肩部疼痛，大口大口地喘气，每上一个陡坡都有一会儿喘不上气来。那时我就想，测绘队员们平时背负的仪器，重量和我的行囊差不多，他们攀爬的山坡比我今天攀爬的更陡峭，走的路比我今天的更长，不免又感到敬佩。不过今天我走得并不慢，周磊说他用了 1 小时 10 分钟，我大概比他晚 5 分钟看到二本营的旗帜。

到了把包放下，二本营"营长"韩超斌就给我安排了今晚的住宿——爬上山坡进入二本营的第一个帐篷，就在队旗下面。黄色的小帐篷，搭建在乱石上。这是队员李飞战的帐篷，他今天在东绒 2 交会点上执行天文测量任务，没撤下来。

上来时风大，我怕着凉，没脱羽绒服，结果内衣全湿透了。到了二本营，风一吹特别冷。我钻进仓库帐篷，坐在那里瑟瑟发抖。

晚饭，大厨刘泽旭做了面条，腊汁肉面条，味道特别好。一碗热面条，对此时的我来说简直是人间最美好的东西。刚吃完面条，谢敏、王战胜冒着风雪从山上下来了。

这时，已经吃过晚饭的队员们三三两两爬到二本营旁边的山梁上，去打电话，向家里报平安。这里手机信号极差，极不稳定。我为了向报社发回一段视频，爬上山梁又走下山谷，走了十多分钟才找到信号。

一开始，二本营饮用水都是取冰雪融化，但这样太费事，每次融不了多少水。后来藏族背夫把绒布河的冰面砸开一个口，取河水喝。晚饭后，背夫背着约25升的绿色水桶，爬下山谷去取水，半个小时后他回来了，说今天河水太浑浊，没取成，明天一早再去。

夜晚，有的兄弟早早钻进自己的帐篷，更多的则挤在厨房帐篷里，有的坐在床上，有的站着，有的坐在地上。那是一顶绿色帆布帐篷，灯光昏暗，电灯是靠一块小太阳能发电板白天储存在蓄电池里的电点亮的。柴油发电机的电只接到仓库帐篷里，用于给测量仪器充电。

不到 10 点，就听到发电机的声音蔫了下来，没油了，所有电子设备都无法充电了。

我们在厨房帐篷里彼此温暖，咳嗽声此起彼伏，但欢声笑语不断。我发现，这些我刚认识不久但已从心里敬佩的硬汉们都很幽默，也都很有情调，只是在这里，他们大多数时间都把自己放在了一边。

和他们聊到 11 点，我说我要去写日记了。虽然带了电脑，但没有网络又无法充电，干脆用手机写吧。我又不想过早地钻进小帐篷，就到旁边的仓库帐篷里，坐在一片黑暗中，看着手机屏幕敲字。门拉不上，寒风呼呼地吹进来，不一会儿，手脚都麻木了。这时刘泽旭用我落在厨房帐篷里的杯子盛了杯热水送过来，黑暗中我看不见他的眼睛，但我能感受到那眼睛里的关爱和真诚，心中升起一股暖意。

现在我在自己的帐篷里敲这篇日记的结尾。在二本营的第一个夜晚一定会令我印象深刻。有些艰苦，不切身体验是难以感受到的。都说大本营艰苦，和二本营相比，大本营就是"天堂"。但和交会点相比，二本营又是"天堂"。无论多么艰苦，队员们总是那么乐观豁达，深深令我感动。

　　风吹着帐篷作响，旁边一个个帐篷里，睡着一个个疲惫的兄弟，他们今天大多走了很远的路，并且已经累计在二本营住了一个多月。翻过我旁边的山梁，就能看到美丽的绒布冰川，如今，下方的冰雪已经融化，一块块翡翠般的冰碛湖。而我的头顶是满天繁星，今天坚守在东绒2点的李飞战和孙文亮应该能顺利完成天文测量任务了。

5月10日　西绒交会点　雪转晴

　　早晨，兄弟们的脚步声在我头边的乱石地上响起，我知道该起床了。看了一下温度计，零下10℃。帐篷里结了一层白霜，不小心碰到，就簌簌地落下来，落在脸上，沁心凉。

　　昨夜躺下才发现，我睡在一个斜坡上，左肩比右肩高，没有枕头，睡一会儿就累得背疼，如果翻身，一不小心就会离开防潮垫。好不容易把睡袋暖热了，突然起了大风，风不知从哪里钻进来，把我的腿脚吹得冰凉。

　　当我走出帐篷默默地喊冷啊冷啊时，薛强强、程璐、李科已经出发，协助水准组开展从大本营到二本营的水准测量。

　　今天我临时计划去西绒交会点，并在点上住一夜。

吃过早饭，我先是采访了两位交会组队员，然后把这个想法告诉韩超斌和任秀波，没想到他们同意了，韩超斌还帮我们找了两个向导兼背夫，给了我们一个对讲机。在二本营的兄弟们都帮我们出主意，哪些要带，哪些不要带。早就听说过西绒点是 6 个交会点中路途最艰险的一个，我之前从没敢想过到西绒去。15 年前，张建华在西绒点遇到大雪，差点没走回来。采访中我知道，到西绒点首先要过绒布河，再穿过中绒布冰塔林，最后还要爬上高差近 400 米陡峭的山坡。一旦遇到恶劣天气，甚至有生命危险。

两个向导兼背夫一个叫格桑，26 岁，一个叫扎西，24 岁。加上席科和周磊，上午 11 点 40 分，我们和二本营的兄弟们挥手告别，出发了。

全程没有路，只有乱石乱石乱石，冰川冰川冰川，陡坡陡坡陡坡。有些路段乱石嶙峋，要踩着石头尖走，如练梅花桩功。有些路段碎石遍布，踩一脚滑一脚，好几次我都险些滑倒。不知爬下几个山沟，攀上几个险坡，两个小时后我们来到中绒布冰川。在被泥土和碎石覆盖的冰川上，有个用石头垒成的挡风墙，墙内一片洼地，这是固定的午餐地点。格桑说走了快一半了，我们心里轻松了很多，但后来才知道，距离确实走了一半，但后面的一半才是真正的考验。我们的午饭是干饼加榨菜，吃过饭，我们把垃圾装进袋子里，压在石头下面，明天下撤时带回大本营。

从午餐的地方踩着碎石滑下一个深沟，再爬上一个陡坡，就看到我心心念念的冰塔林了。各种形态或大或小的冰山、冰塔、"冰雕"，在阳光中闪耀着蓝色的光芒，如梦似好，仙境一般。我们从一座座伟大的"艺术品"中间穿行，时而踩着冰河或冰湖的冰面，时而踏着石头。冰面下有汩汩地流水，注入绒布河，偶尔还能听到冰河开裂的清脆声音。我们在冰塔林中流连，如走迷宫，如做游戏，在不同形状的冰柱缝中穿行，沿着冰凌攀爬而下。

穿过冰塔林，格桑说，再爬上前面那座山就到了。什么？前面那座山？前面那座在云雾里的山？马上就不那么好玩了，在我们前面是一道坡度六十几度类似于独木桥的冰凌，两边都是深深的冰洞，我们要徒手爬上去。这时已到下午，冰雪开始融化，更滑了，我手脚并用，紧紧夹住那道冰凌，慢慢爬了过去。

接下来，终极考验到来了，向上望去，近乎80度的陡坡，全是松动的石头，几乎望不到尽头。如果一脚踩不稳，不仅自己很可能滑落，落石也可能伤到后面的人。这时开始飘雪了，我们冒雪向上攀升了100多米，格桑和扎西坐在大石头上休息。这时我的体力已近透支。格桑指着上面说，在这休息一下，一会儿到了前面的山沟里就不能休息了，太危险。我顺着他指的方向看去，两座高大的山崖夹着一个窄窄的山沟，山崖上遍布乱石，每一块似乎都可能掉下来。他们话刚说完，我听见轰隆隆的巨响，石头从山崖上落下来，伴随着尘土飞扬。过了不到两分钟，又轰隆隆，又落石头。格桑说，我们出来得晚了，太阳把冰晒化了，又刮大风，石头就往下掉。这时风雪更大了，珠穆朗玛峰被乳白色的云完全笼罩。我心里有些怕，问格桑，这条沟有多长，他说不长，一公里，我们在沟上面等你们，记住，千万不要在沟里休息。

我又休息了一会儿，在心中祈祷了一番，然后爬进沟里。进了沟，我发现情况不妙。坡度更陡了，碎石更多了，冰融化再加上雪的润滑，这几乎就是一个大滑梯，我用手扒用脚蹬，还是会不停地往下滑。如此一来体力消耗更大，我每往上爬四五下，就要停下喘一喘。可抬头一望，两边山崖的石头似乎都在准备落下来。几块小石头已从我面前飞过。不行，再累也得上，又爬上几步，看见一条绳子，如见救命稻草。我突然想起来，采访西绒点队员薛强强时，他向我形容过这根绳子，他说这是由两根 60 米长的绳子绑在一起的，上方拴在一块大石头上。我顺着绳子望上去，果然有一块大石头，而爬到那石头处，也就出了山沟了，离危险远一些了。

我似乎看到了希望，两手紧抓绳子，双脚用力蹬，往上攀爬。可脚下碎石、冰雪和泥土的混合物实在太滑，我多次滑倒在地。突然，两块巨大的石头呼啸着掉落在我和下方不远处的席科之间。最后一次滑倒，我躺在地上，感觉只剩呼吸的力气。这时我处于山沟中央，前面仍有很长的路，抬起头，雪打在我脸上，头顶的山崖在迷雾中逼视着我，只要它们愿意，随时能把我永远留下。

我想到了死亡，想到了母亲。今天是母亲节，母亲离去后，这是我经历的第三个母亲节。之前的母亲节，我都为了母亲参加长跑活动，还会获得纪念奖牌，聊以安慰。今天出发前，我还想，这也算是为了母亲的攀登吧。可我实在没有力气了，母亲。我能见到你吗？母亲。

渐渐地我清醒了过来，体力也恢复了一些。我站起身，抓着绳子继续往上爬，我在心里说，再走 5 步试试，走完剧烈地喘一会儿气，又在心里说，再走 5 步，就快到那大石头了。尽管才刚刚过去几个小时，现在回想，我都说不清是怎么爬上那条沟的，我记得我很幸运，我没放弃，而石头也没落在我身上。

在山沟的上面，我放肆地休息了许久。继续攀爬，依然很累，但至少不那么危险了。我又爬升了 100 多米，依然看不到西绒点，连格桑和扎西的影子都看不到了。继续爬，我就不信到不了。还是爬 5 步歇一会儿，又翻过两道山梁，终于看见两顶帐篷，远远地安扎在山坡下的一片谷地里。我到西绒点了！我做到了之前想都不敢想的事！

格桑和扎西已经把水烧好了。天气变暖，冰雪消融，西绒点附近有了水源，取水很方便。席科和周磊陆续也到了。今夜，我们三个将挤在一个小帐篷里，三个睡袋并在一起，满满当当。格桑和扎西住另一个帐篷。我们的帐篷中央有一块凸起的大石头，特别硌，席科为了让我休息好，非要自己睡在中间。

晚上，格桑、扎西和我们一起煮泡面吃，但只有一个炉子，一个锅，一双筷子，我们轮流吃，所以晚饭时间特别长，我们的帐篷里暖和起来了。吃过饭，格桑喊，快出来看珠峰金顶。我们都出去拍照，可外面的冷要比大本营高出几个等级，没几分钟，我全身都被寒风吹透了，赶紧逃回帐篷，不敢出来了。

此刻已快夜里 11 点，我在帐篷里，在属于我的三分之一的地盘上，用手机写日记，拿手机的手不一会就失去知觉，要搓一下才能继续，脚也早就失去知觉了。

明天上午，我们就将从西绒点下撤，今天这是体验式入住。而负责西绒点交会测量的薛强强和程璐，已经上来 3 次了，还在这里住了好几天。

5600 米，这是我住过海拔最高的地方了。今天母亲节，刚才出去，我看到了不可思议的星空。今夜，让我在离星星更近的地方想妈妈吧。

5月11日　珠峰大本营　晴转雪

早晨，帐篷里结了厚厚的一层霜，睡袋和衣服全是湿的。等太阳出来，霜化成水滴落，防潮垫也湿了。防潮垫太薄，夜里感觉腰部和后背冰凉，刚睡着一会儿，就被冰醒了。这就是我在西绒交会点的宿营体验。

西绒交会点的点位在帐篷旁的山梁上，站在那里可以清楚地看见珠峰峰顶，比大本营近多了。测量登山队开始冲顶时，交会组队员就会在这里架起仪器，待到峰顶竖立起测量觇标，他们就瞄准觇标开始测量。珠峰脚下6个交会点都是如此。

我曾疑惑，交会测量能看到珠峰峰顶不就行了吗？为什么都选在这么高这么难以到达的地方？队员们告诉我，交会点不仅要能看到峰顶，还要稳定。比如西绒交会点，1975年珠峰高程测量时就选定在这里了，2005年也是在这里，今年同样是这里，这样测出的数据反映出珠峰高程的变化才更有说服力。如果选择冰层上或者山脚下，时间久了很容易发生坍塌等变化。对测绘队员来说，把工作完成好，确保测量精度永远是第一位的，是否艰辛往往不在他们的考虑范围之内。

我们站在西绒交会点的点位上，向下看，美丽晶莹、气势磅礴的中绒布冰川，如巨龙一般，从珠峰的方向一直向北蔓延，在阳光的照耀下，时而是蓝色，时而是浅绿色。沿着山梁往西走，在西边那条巨大的山沟里，便是西绒布冰川。攀登珠峰，沿路会先看到中绒布冰川，到了5800米营地附近还会看到东绒布冰川，西绒布冰川由于不在登山路线上，鲜有人至。我们的向导格桑说，他也很少到西绒来。而我有幸一睹西绒布冰川的面貌，在这里，形态各异的雪山傲然耸立，无数晶莹的冰塔从远处山间蜿蜒而来，如一条大江在最波涛汹涌时，被仙女施了魔法而瞬间静止。

我们上午11点左右离开西绒交会点。我心里有些犯怵，回程路途遥远，而我经过昨天的极限攀登，体力并没有完全恢复。更主要的是，我们还必须通过来时那条危机四伏的山沟。当我们来到山沟上方时，坐在石头上好好地休息了一下，然后鼓足了劲，一个接一个快速下撤。我抓住那保命的绳子，有的路段跑，有的路段跳，最后没力气了干脆坐在地上和碎石一起滑下去。周磊下撤时滑倒了两次，羽绒服都磨破了。下撤虽然比昨天攀登省力多了，但依然惊险，依然耗费了我全部力气。我们到了安全地带休息时，往上一看，全都发出感慨：昨天是怎么上去的呢？

过了没 5 分钟，就听见山沟里巨石滚落的轰鸣，整个山沟都弥漫着尘土。我们不禁惊呼，不禁后怕，面面相觑，只说了一句：命大。

从那陡峭的山坡下来，我回望时突然意识到，我们攀爬的其实是一个巨大的滑坡体。这两天，我们其实一直行走在滑坡和坍塌上，哪有什么路啊。这些滑坡和坍塌在城市、在有人居住的地方都属于地质灾害，要么避让，要么治理。但这里是大自然，这一切都是大自然的正常现象，看着那些精妙绝伦的冰塔，谁会想干涉大自然呢？

一望无际的石头。就我眼前这一片各种颜色、各种形状的石头，它们"身世"不同，可大自然通过自己的方式让它们聚在一起，某一天又会以自己的方式让它们分离。

西绒交会点距离二本营直线距离并不远，海拔也只升高的 300 多米。但一路都是大自然的沟沟坎坎，人要不停地爬上爬下。回程，每爬上一个陡坡我都觉得艰难无比，心里想，来时有这么远吗？

当爬上最后一个陡坡，终于抵达二本营时，留守在那里的兄弟都出来迎接我们。他们给我们拿饮料，拿水果，倒水，我感觉就像回到家里一样。我向他们描述了我攀爬的过程，说终于亲身体会到你们的艰辛了。王战胜笑着说，东绒 3 点也有个大陡坡，他和谢敏每次爬上去腿都软了，都不想下来，不想再爬一次了。可他们已经爬了 4 次，过几天还要上去。

我的手机在二本营及以上的地方完全没有信号，这两天，失去了和外界的联系。回来才知道，根据目前得到的天气预报，5 月 16 日之前没有好天气，17 日、18 日、19 日的天气预报尚未拿到，一切都还无法确定。修路队、运输队已经打通了海拔 7028 米的路线，今天计划修到海拔 8600 米，明天争取修到峰顶。

5月12日　定日　晴

　　第一个窗口期因攀登路线积雪过深和天气原因错过了，第二个窗口期很有可能要等5月20日之后才会到来。好事多磨，这四个字最近常从我们嘴里说出。对于天气多变和攀登的困难，大家都有心理准备。

　　趁这个等待的间歇，队员们可以好好休整一下。珠峰大本营和二本营除了少数几个队员留守，其他的都下撤到定日。我们住在同一个宾馆，经常会遇到。他们洗了澡、换了衣服、刮了胡子，一个个年轻帅气，跟在山上见到的截然不同。但脸黑是大家共同的标签，在这里，不管采取什么防晒措施，也难免把脸晒黑。脸黑就是"队旗"，脸黑就是"工作证"，脸黑就是"军功章"。

去了趟西绒交会点，我的脸黑得更加明显了。眼部以下，脖子往上，像蒙了一层面罩，有人说像小丑，有人说像蒙面大侠。今天吃过早饭，我看到一个面部乌黑的人背着包匆匆往楼下走，那不是史志刚吗？我叫住他说，你怎么变成非洲兄弟了？他笑了笑说，你也晒黑了。很久没见到史志刚了，但听到他几个传说。他和昝瑾辉组成的重力小组堪称超级小组。我先是听说他们从大本营到二本营测重力，3个小时往返。后来听说他们早晨7点从二本营出发到西绒交会点测重力，返回途中又测了中绒交会点，晚上9点回到了二本营。当时我目瞪口呆，觉得这简直不可能。前几天，他们又完成一项壮举，早晨从5800米营地出发，把重力测量推到6500米营地，当天又返回到5800米营地。返回途中遇到大雪，他们冒雪跋涉，平安归来。6500米重力测量成功后，他们此次的任务也算是完成了。

晚上遇到韩超斌，我说起史志刚，韩超斌说他和昝瑾辉今天去执行其他任务了。什么？我早晨遇到他匆忙下楼竟然是去执行其他任务？我问，他难道不需要休息吗？韩超斌笑着说，已经休息一天了。韩超斌在二本营累计也坚守了一个月，最近他咳嗽厉害，这次下来顺便去医院看看。

在二本营时，我问交会组组长李锋，这次任务完成后，你们能休息吗？李锋说，出来时间长了，当然想回家陪陪家人，休息几天，但不少队员已经被下一个任务预约好了。比如现在三调的队伍已经上来了，有的队员恰巧之前做这个项目，熟悉情况，完成珠峰高程测量任务，就摇身一变，直接成了三调项目的一员了。李锋说，其实家家都有本难念的经，都需要照顾，但国测一大队有个传统，那就是尽量不让家里的事耽误工作。他的妻子工作也很忙，7 岁的女儿从幼儿园起就经常被一个人关在家里。他和妻子在家里装了摄像头，工作间歇通过视频监控观看女儿的情况。有一次，他出外业，妻子出差，女儿交给同学带了一个星期。谁舍得这样呢？但任务来了，不能当逃兵啊。

田锋今年 41 岁，是交会组里年龄最大的队员，也是出了名的"老黄牛"。他负责的是离二本营最近的Ⅲ7点，但爬上那个陡坡实属不易。田锋还帮着兄弟们运送物资到过 5800 米营地，开展高程导线测量到过东绒 3

点。他说，那天从东绒 3 点返回时，下着大雪，最后他的两条腿都累得开始打晃了，离二本营还有一公里多时，兄弟们都远远地迎了过来，有人接过他的背包，那一刻，他感到特别温暖。

最近几年，田锋每年都来西藏，每年出外业时间加起来至少 10 个月。他的儿子 4 岁时不幸患上了再生障碍性贫血，治疗需要大笔钱，大队为他捐款，提供了很多帮助。从那以后，田锋就想着回报大队，领导派给什么任务他都二话不说，从未请过一次假。如今儿子健康成长，学习也很努力，每天放学回家都问妈妈：今天爸爸打电话来了吗？

和队员们一起生活了这么久，如今见了他们都感觉特别亲切。把脸晒黑了，其实我心里很高兴，我和他们有了同样的标识，我为此而骄傲。

5月13日　定日　晴

今天，测量登山队在定日按兵不动，继续休整，计划明天前往珠峰大本营。等待是难熬的，可这也是攀登的一部分。希望他们利用难得的休整机会，以最好的状态去接受珠穆朗玛的考验。

我也得以继续在安静的房间里梳理这些天采访的点点滴滴，翻开已经写满的采访本，测绘队员兄弟们的面容一个个出现在我眼前——他们都有清澈的眼睛，话语真诚而朴实，笑起来像天空的云朵舒展那样自然。

有一个采访我迟迟没写，不是因为没时间、不是因为采访不够，而是缺乏勇气，我知道它会碰触我内心深处的疼痛。

那是4月底，队员们第一次大规模下山休整。下撤前，在大本营营地中央的风雪中，我和谢敏结识。到了定日，我就约他，他忙着整理外业资料，直到 3 天后，我们约定了晚上见面。那天，他和队友一起出去踏勘测试仪器的点位、采购物资，直到晚上 10 点才回到宾馆。见到我，他连说了两句：实在抱歉，实在抱歉。他给了我一支烟，非要帮我点上，显得有些拘谨。

那天，距他父亲去世刚过去 23 天。他的父亲谢忠华，1975 年从部队复员进入国测一大队工作，担任车队的司机。在那激情燃烧的岁月里，谢忠华随着队伍跑遍了祖国西部最艰苦的地区，他们填补了我国测绘的诸多空白。提起谢忠华，无论老队员还是年轻队员，没有人不竖大拇指。现任车队副队长张兆义说，谢忠华是我师父，他为人真诚、正值、善良，对待工作特别认真，特别负责任。测量登山队员马强说，谢老师傅为人直爽，刚到一大队时有一次出外业坐他的车，和他之前并不认识，但他一路上都在给自己讲怎么好好做事，怎么好好做人。

2007 年，谢敏毕业后也进入国测一大队工作。小时候，父亲长年出外业，没时间陪他，那时他不理解，常埋怨父亲。随着年龄增长，自己又学了测绘，他越来越理解父亲，越来越觉得父亲伟大。进入一大队后，经常听到身边的同事夸赞父亲的为人处世，他难免感到压力，心想决不能给父亲丢脸。谢敏深受父亲影响，他也继承了父亲的勤恳、踏实、和善、真诚。

谢敏的父亲退休后，一直保持着早晨和晚上走路锻炼的习惯。2018 年的一天早晨，他在锻炼时突然晕倒，去医院检查后发现患上了低血钠症，从那以后，时常需要住院治疗。今年春节前夕，他病情突然严重，在重症监护病房住了 17 天。除夕夜，谢敏和母亲就是守在病房外度过的。后来父亲病情有所好转，转到了普通病房，10 天后便出院回家了。过了没多久，谢敏就领到任务，前往西藏参加珠峰高程测量项目。

到西藏后，谢敏每次往家里打电话，父母都告诉他：不要担心家里，多保重身体，好好工作。谢忠华还让随后进藏的车队司机宁伟给谢敏带话：能参加珠峰测量是光荣的，一定要把任务完成好。

3 月 31 日，谢敏和家里视频通话报平安后就和交会组兄弟们一起入驻二本营。手机失去了信号。4 月 2 日一早，谢敏和几个兄弟从二本营徒步前往大本营，乘车到定日采购物资，到达时已是中午。3 点钟，手机响了，噩耗传来：父亲于一个小时前离世，因为疫情原因，遗体下午就要火化。谢敏觉得天昏地暗，脑子一片空白。回去，马上回去，这是他的第一反应。

在车上，他泪流满面。车已经驶出了定日县，向日喀则奔去。这时，母亲终于打通了他的电话，母亲说：别回来，回来也来不及了，好好干你的工作。谢敏哭着说：我想送爸爸最后一程。母亲说：听话，你爸爸要是知道，他也不希望你回来。谢敏一边流泪，一边做出了一个决定，他不知道这个决定是否会在今后让自己后悔，但他知道此刻这是正确的决定，他对司机说：调头。

第二天，谢敏就上山了。他负责的东绒 3 交会点，是离二本营最远的交会点，也是离珠峰峰顶最近的交会点，和西绒点并称为最艰难的交会点。兄弟们都不敢提这件事，谢敏也尽量不表现出悲伤。"在上面，我一空下来就和兄弟们待在一起，听他们聊天。我不敢一个人待着，一个人的时候就会想起我们一家人在一起时的情景。我们一家人，坐在一张桌子上吃饭，可我回去再也见不到爸爸了。"

在攀爬东绒3点最后一个高高的陡坡筋疲力尽时，在点位上狭小的帐篷里，外面狂风呼啸而他彻夜难眠时，在固定好测量仪器后，某个发呆的瞬间，谢敏会想到他的父亲吗？他会被巨大的悲伤吞噬吗？我没问，我也不需要问。

前几天本来想去东绒3点看他，可由于登顶日期延迟，队员们都下撤了，计划改变。我一定要到东绒3点去一次，我要爬一次他反复爬过的那个陡坡，我想我理解他，我想更加理解他。

谢敏说，这些年来，父亲的话语中时常流露出没能参加2005年珠峰高程复测的遗憾。父亲对他说的最后一句话，就是让他注意安全，完成好这次测量任务。在父亲心中，儿子替自己完成了心愿，弥补了遗憾。而谢敏在我面前流着泪说，没能送父亲最后一程，是他今生的遗憾。我想，在他内心深处，这遗憾也是一种完成。

5 月 16 日　定 日　晴

最近几天，定日的天气很好，柔风阵阵，气温也上升了，路边的树都长出了叶子，有了春天的感觉。队员们在这里放松身心，休整了几天后，都已再次奔赴"战场"。

今天一早，交会组队员离开定日驻地，到二本营待命。下午，测量登山队在召开了简短的突顶动员大会后，再次出征，傍晚时已到达 5800 米营地。

根据最新天气预报，5 月 21 日、22 日将迎来第二个窗口期，测量登山队计划在 5 月 22 日冲顶，5 月 21 日修路队将会把路线打通。冲顶队员包括测量登山队队长次落、攀登队长袁复栋、攀登教练李富庆，5 名高山向导以及一至两名测绘科技工作者。

今天我没到现场，但从同事传回的视频中看到测量登山队员列队出征，依然感到热血沸腾。山就在那里，而人不畏艰险，越挫越勇。明天我将重返大本营，一直等到他们凯旋。

今天是我离京执行这次报道任务的第60天。看到不少朋友发北京的照片，那里已渐渐步入盛夏，有花朵，有浓密的树叶，仿佛是另一个世界。我想起有一年北京的花刚盛开时，和一位在边疆工作的朋友走在前海，她停下来拍了很多照片，说要发给边疆雪山上的兄弟们，他们看不到这样的景色。现在我知道，她当时发过去的照片，一定给兄弟们带去了慰藉和柔软。

出门时间久了，谁都会想家。之前由于疫情原因，快递不让送到家里，都要到小区门口自取。前几天我们那个社区允许快递员进入了，听到敲门的声音，儿子大声喊：爸爸，是不是爸爸回来了？听到这件事，我的心也柔软起来。测绘队员们比我离家时间更久，在他们硬汉的外表下，一定也有很多这样的柔软时刻。今天上午，队员们在大本营举行了和家属视频连线活动。听同事说，活动结束后，有几位队员偷偷流下了眼泪。

但他们心中是乐观的，我从未听到过谁叫苦叫累，从未听到过谁抱怨。兄弟们只要聚到一起，必定是欢声笑语。在这里，兄弟间的情谊在一定程度上弥补了家庭温情的缺位。

我们的驻地在协格尔镇白坝村，在这里时间久了，对村子也熟悉起来。我们看到过农民在田地里赶着马或牛春耕，我们看到过刚出生不久的小羊羔追着妈妈吃奶，还看到过一群群可爱的孩子，一颗糖果都能让他们欢欣雀跃。这是一个安详的村子，人们并不富裕，但脸上很难看到愁容，更多的是平静和满足。

昨天我们在一家藏餐馆吃晚饭，一张桌子上，几个小伙子在玩一种骰子游戏，一张桌子上两个老阿妈边喝茶边聊天，一张桌子上，一个老大爷点了碗藏面，坐在那里悠闲地等待，不时笑着和旁边的人说几句话。

一时间我出神了，我安静地看着眼前的场景，想起梵高在一个叫纽南的小乡村，整日观察和描绘村民的生活，画下那幅《吃土豆的人》。我怎么会想起这些呢？或许因为眼前的生活气息正和那幅画流露出的东西相契合，这就是大多数人的生活。有人说生活在别处，不，生活无法在别处。生活只能在此时，在此地，在巨大的时间洪流中，在隐秘而又确实存在的轨迹上，这其中有梦想、激情、奋斗与执着，也有更多的平淡、平凡、不甘与无奈。

能来到这里挑战自己，重拾自己的勇气，对每一个参加珠峰高程测量项目的人，尤其对于我来说，是多么幸运。

5月17日　珠峰大本营　晴

重返珠峰大本营，一路暖意。暖意从地下、从天空、从群山透出来，仿佛昨夜是冬日最后一夜，昨夜的月亮升起就是为了沉向春天。

翻过加吾拉山口，驶下弯曲绸带般的盘山路，一块块青稞田已升起了青苗，如清明时节华北平原的麦田。那是一个叫云加的村子，男女老少都聚集在农田里，一匹小马驹跟着它的母亲，它的母亲跟着两个小姑娘翻过田边的石埂。雪化得快了，河变宽了，河水湍急、汹涌。之前静止的，开始移动、生长，焕发出生机。

大本营也暖了，过去冰雪覆盖的地方多了一条清澈的小河。在阳光的温暖中，下午7点，帐篷里依然无须穿羽绒服。珠峰顶的云快速移动，等到太阳即将沉入西边群山时，云消失不见，峰顶完全展现出来，再次被镀成金色。

雪化了，之前被雪隐藏的也裸露出来。傍晚时，我去小河边拍摄延时摄影，发现了一块鼠标垫大小的兽皮，捡起来看，毛很厚，像是岩羊的皮。一个小时后，我去取回摄像机时，又在河边发现一只岩羊蹄。我的第一反应是——雪豹。听说记者同行曾在大本营附近拍到过雪豹。藏族向导也说曾在山上看见过雪豹。难道我发现了雪豹出没的物证？或许这真的是雪豹在非登山季到大本营捕食留下的。

来时的路上，刚过绒布寺不久，一大群岩羊停在前方道路上，我们的车靠近了，它们才慢悠悠地走开。在西绒布那边的山上，我们也看到了许多岩羊。这里的山都特别陡峭，有些笔直地耸入云霄，我一边感慨岩羊攀爬技能高超，一边想，说不定雪豹就躲在山沟里的某处。

今天，测量登山队员们抵达了 6500 米前进营地，计划明天在前进营地休整，队员们整理高山营地所需物资，并做好分工，计划成立攻顶组、支援组、接应组，迎接最后的决战。据说 21 日和 22 日峰顶预计仍有降雪，但风力有望从 10 级降到五六级，具备登顶条件。

天气变暖，对于交会组的兄弟不是件值得庆祝的事，冰雪融化增加了他们前往交会点的难度，穿过冰塔林时要格外注意安全，攀爬山坡时也更滑了。他们计划 19 日出发前往各点位，住在上面等待觇标竖立在峰顶。

重返珠峰大本营，一进我们的帐篷，亲切感马上涌来，看着我的床，我写作的桌子，我留下的个人用品，这就是我海拔 5200 米的家啊。还好，我还能在这里住上几天，还没到告别的时刻。

太阳落山后，气温骤降，大风再起，又找到了过去的感觉。天上的星座已成了我的老朋友，我忍不住仰起头说：很高兴认识你们。

明天我将前往二本营，给兄弟们背点零食上去。后天，我将跟着谢敏、王战胜到东绒 3 交会点去，我们有个约定。

5月18日 珠峰二本营 晴转雪转晴

今天来二本营，我们出发得有些晚了，12点才到大本营旁边的沟口。我们背包里装着牛肉、凤爪、花生、蚕豆，这些都是给交会组兄弟们带的，重量已到能背负的极限。

一开始我感觉有些吃力，有意放慢脚步，等待自己的肺挂上更高的档位。渐渐地，我找到了节奏，呼吸也顺畅起来，感觉不那么累了，一路没停，一个小时就走到了二本营。

当我看到队旗和帐篷时，距离营地还有几百米路程。两人站在队旗下望着我的方向，我知道那是在迎接我们。我高兴地忘记了疲惫，不自觉地加快脚步，近了，更近了，我对他们招手，我看清了那是韩超斌和李锋。他们笑着迎过来，李锋接过我的背包，像是迎接亲人。

交会组队员们明天就要分赴各交会点了，都面临艰难的行程。下午他们站在营地里开会，作决战前的动员，互相提醒可能出现的问题。测量登山队明天将攀爬上北坳冰壁，到达7028米营地，预计22日登顶。交会组队员将在各点位至少坚守四五天。

我们背上来的食品其实少得可怜，韩超斌平均分给了各交会点的兄弟。明天，兄弟们都上去，二本营就剩他和刘泽旭留守，负责协调和保障。

刘泽旭前几天因为"珠峰肉夹馍"火了一把。在二本营艰苦的环境中，他想方设法让兄弟们吃得舒服点。尽管条件有限，他也总能惊艳到大家的味蕾。今天的晚餐是油泼面，当油浇到辣子上，那嗞啦啦的美妙声响和令人垂涎的香味，仿佛身处西安某个老字号餐馆。

但这里毕竟是海拔5300米的营地。黄昏又下起了雪，兄弟们每人端一个碗，先在帐篷外的飘雪中从锅里捞好面条，然后在逼仄昏暗的帐篷里排着队，一个个加调料，泼油。凳子不够用，有人蹲着吃，站着吃，搬来石头坐石头上吃。不管怎么吃，大家在一起，吃得都很香。

这是我见到二本营兄弟们最齐全的一次。上次我来时，住的是李飞战的帐篷，那天他去东绒2点执行天文测量任务。我对天文测量一直好奇，今天终于见到了他，便请教了一番。天文测量有助于珠峰地区大地水准面的优化，可以提升珠峰高程精度，所获得的数据还具有很高的科研价值。李飞战喜欢钻研，善于学习，在野外实践中发现的问题，回去后翻阅各种资料努力解决。虽然他年龄不大，俨然已是一个专家型的测量队员。他说的一些专业术语让我云里雾里，但他讲述的测量故事却让我感慨颇深。

天文测量，瞄准的目标是恒星，要靠天气"关照"。在大本营测量时，天气给力，终端仪器却在低温下"罢工"了。他和队友孙文亮准备了"暖宝宝"，打算贴仪器上，可"暖宝宝"也需要在一定温度下才能产生化学反应而发热。没办法，只好把仪器放在自己怀里暖，暖了一个小时，终于能开机工作了。

而在东绒2点的测量颇费周折。在珠峰地区，海拔越高天气越变化无常。李飞战和孙文亮第一次到点位，白天完成交会点的基础测量任务，晚上等待好天气，可一连等了 3 天，都阴云遍布。第二次上去，依然无功而返。直到不久前，他们第三次上去，终于迎来了好天气。他们从晚上 10 点开始测，一直测到凌晨 4 点。这次终端仪器没出问题，可最低工作温度为 −20℃ 的电子测角仪却 4 次关机。这次他们有经验了，提前让"暖宝宝"在帐篷里发热，贴在仪器上，还把备用电池放在怀里暖热，用尽各种办法终于完成了东绒 2 点的天文测量。

在寒夜中，身体的温度是微弱的，但足以温暖热爱。

已是凌晨，除了风吹帐篷的声音，一切都安静下来。刚才我和兄弟们的咳嗽声还连绵不绝，仿佛每一个小帐篷都是一个音符，风一吹，咳嗽声就演奏成乐曲。我的身体依然因寒冷而发抖，但我也拥有某种温度，让我足以度过这个寒夜。

5月19日　东绒3交会点　晴

早上7点半起床，二本营的兄弟们陆续都出了帐篷。昨天定好了8点吃早饭，8点半，各交会点队员准时出征。

我换上了国测一大队的队服。因为昨天圣山公司传话：不允许除测量或登山队员之外的人前往5800米以上区域。那我就当一次测量队员吧。

吃早饭时，我心里有些紧张，仿佛今天要参加一场重要的考试。我不确定能不能到达东绒3点，能不能跟上兄弟们的脚步。虽然西绒点的经历给了我一些自信，但也让我对路途的艰险有了更清醒的预期。在五六千米的海拔之上爬山，不只是体力够不够的问题，身体各个器官都要经受极端考验，一旦哪个器官闹脾气甚至罢工，到不了目的地是小事，还会有生命危险。我担心的正是自己的身体。

西绒点的程璐和薛强强第一个出发，我对他们说：保重，加油！薛强强大声喊道：胜利！之后就是我们东绒 2 点和东绒 3 点的"大部队"出发了。这两个交会点位于 5800 米营地以上的登山路线两侧，在半山腰上，隔着东绒布冰川对望。东绒 3 点因为要穿过冰塔林，距离更远。

刚离开二本营，就是一个大陡坡，这是攀登珠峰的第一个考验。一个巨大的滑坡体，遍布松动的岩石，我们必须踩着乱石，沿一条窄窄的小道往上攀爬。好在还有一条小道，不像西绒那边，根本没路。身体还没调动起来，出发前又刚吃过饭，正处于缺氧状态，真是上气不接下气，感觉特别累，心里又开始嘀咕：刚出来就这样，我能到东绒 3 吗？往上爬了 20 分钟左右，走在前面的王战胜终于停下休息了，我们也都停下来。我喘了一会儿，问他们：你们感觉到累吗？几乎是异口同声地回答：当然累啊，每次出来都给我们一个下马威。有人说，吃的饭还没消化，有一次刚吃了碗泡面就爬这个山，一路打嗝都是泡面味。有人说，第一次爬到一半就累得不想爬了，但一想刚出来就打退堂鼓，太丢人了，咬着牙爬上去。听他们这样说，反而给了我信心：不只我一个人累啊，看来有希望跟上他们。

在转过几个弯，休息了几次之后，我们终于爬上了第一个大陡坡。路平缓了一些，但有些路段旁边是陡峭的山崖，有被落石击中的风险。之后，我们要走过一个大冰湖，冰面上覆盖着厚厚的雪，脚踩在雪上嘎吱嘎吱的声响连成一片，我在后面看着四位交会队员的背影，他们列成一队，走在茫茫的白雪中，我脑子里突然冒出一句话：倔强的脚步，勇敢的心。

接下来，我们就开始不断地爬上爬下，有的山坡特别高特别陡，爬之前要先休息一下，鼓鼓勇气。有的看上去像是普通的山坡，其实泥土和石头下面是巨大的冰川。天空飘起了雪花，风也大起来，令人感到路途更加艰难。在翻过几个陡坡后，我看到 5800 米营地的帐篷，搭在前方半山腰的一小块平地上。此时我们从二本营出发已经 3 个半小时。

我们在 5800 米营地旁休息，吃点零食当午餐。谢敏说，今天我们走得算是快的，再用 4 个小时就能到东绒3 点了，不过下面的路更难走。大概休息了半小时，我们与东绒 2 点的李飞战、孙文亮告别，再往前，我们要走不同的路了。李飞战笑着说，晚上我用手电筒给你们打信号。

从 5800 米营地出来，依然有一段危险的道路，沿着山崖边的小路，往上看，头顶上全是随时可能掉落的岩石。或许因为我之前采访过很多地质灾害防治方面的工作，对地质灾害风险比较敏感，我提醒大家，千万不要停留，快速通过。顺着这条小路一直往前，翻下一个陡坡，来到峡谷里，和几座冰塔近距离接触。我赶紧拿出摄影机拍摄，谢敏说，别着急，你很快就会看到真正震撼的冰塔林了。

我本以为这就是他们所说的冰沟和冰塔林了，谁知并不是。面前还有一道高大的山梁，我们爬几步，歇一会儿，等爬到顶部，壮美的东绒布冰川冰塔林出现在面前。和中绒布以及西绒布冰川相比，这里的冰塔更加密集，更加高大，形态也更加奇特而瑰丽。从我站立的地方看下去，仿佛是一场规模巨大的"冰雕"艺术展，有的像两只并拢的手掌，有的像母亲怀抱婴儿，有的似一颗爱心。那些冰塔仿佛都有生命，只是暂时被定格在岁月中，而他们的岁月，就像星与星之间的距离，就像风与风擦肩而过时的回眸。

沿着山梁继续向前，就能抵达 6500 米前进营地，我们要翻下山梁，穿过冰塔林，到东绒 3 交会点去。两根百米长的绳子绑在一起，一直悬垂到山下的冰塔旁，上端牢牢捆在一个大石头上。我抓着绳子慢慢向下挪，脚下特别滑，尽管我小心翼翼，但还是摔倒了几次。有惊无险地到了底部，仰头看他们，人就像岩石上红色的小点，不由得感叹这坡实在是太高太陡了。明天返回时，怎么爬上来呢？

我站在冰层上，脚下是清脆的流水声，眼前是一座五六层楼高的巨大冰塔。太阳出来了，在阳光的照射下，冰塔泛着蓝色的光芒。我看到它的顶部有一道大裂缝。过中绒布冰塔林时，我听到过冰开裂的巨大响声，电影《攀登者》里也有冰塔坍塌伤人的情节。我有些担心，随着温度继续升高，这座冰塔的顶部会不会坍塌下来？不过这种担心如一片云飞过，我们在冰塔中穿行，如同流连在仙境，云朵和太阳做着游戏，冰塔也随着阳光变幻着颜色，时而光彩夺目，时而深邃典雅，时而晶莹剔透，我们流连再流连，暂时忘记了疲惫。

让我流连的，还有脚下的石头。这里有许多集多种色彩于一身的石头，其中一块大石头，靛青的底色上绿色和黄色的花纹在纠缠、旋转，就像印象派的油画。我欣赏了许久才舍得离开。

我们沿着东绒布冰川朝着珠峰的方向，走走停停，已经远远看见前方左侧山腰上的黄色帐篷，可又走了大约一个小时，才来到山脚下。和西绒点一样，最后的考验，依然是一个陡坡。又是一根长长的绳子从山上垂下来，仰头看了一会儿，我说：我先上吧，你们往旁边躲躲。抓着绳子，我尽量让脚下踏稳，但依然不停地有石头被踩松，滚落下去。有了几次爬坡的经验，我有意控制节奏，不让自己的体能到极限，一开始10步一歇，后来5步一歇，大口拼命喘气，等心跳慢一些，头不那么眩晕了，再继续往上爬。终于爬到绑绳子的大石头那里，抬头一看，还有一段陡坡，碎石更多，但没有绳子了。我像个筋疲力尽的野兽，手脚膝并用，不知改变了多少石头本来的位置，爬上了位于半山腰的一处平台，那就是东绒3点。看了下手表，已是下午6点半，我们用了将近10个小时，才抵达这里。

一天就喝了一小杯水，我特别渴，但这里没有水。谢敏和王战胜扛起水桶，取冰去。海拔6000米，我来到了人生最高的地方，继续往上走，虽然走得很慢，但我仍然因缺氧而头晕眼花。在营地上方，还有一条山沟，里面遍布着高大的冰塔。我们来到距离最近的冰塔下面，把悬挂在巨大冰体下的冰凌敲下来，装进水桶里，满载而归。

煮水用了半小时，装满一锅冰，煮化了，不到半锅水，再往里加冰。小小的燃气罐，小小的火焰，在寒风中忽明忽灭。等水开的时间，我们都很安静。

眼前是神奇的景色，这座"观景台"，我们的星球上没几个人来过。向南看，珠穆朗玛峰顶被慢慢地镀成金色，宛如寺庙的金顶，云朵在山顶升起，又快速地聚散。向北看，红色的晚霞铺在群山之上，于是山像海浪般柔软，那色彩恢宏瑰丽，让人觉得它的下面、山的后面，必定正有亿万人同时发出诵经声，必定正有亿万个母子重逢，必定正有亿万缕炊烟冉冉升起。而向下看，东绒布冰川如气势磅礴的卷轴在我们脚下展开，一座挨着一座的冰塔，在夕光里显得更加神秘，震撼如巨龙的脊骨，晶莹可爱如刚钻出地面的春笋。光线一点一点暗下来，珠峰的金顶和群山上的晚霞一点一点消逝。静默，那静默似乎由无数的声音构成，而当我想要去分辨，静默。我知道，今夜我将与神同眠。

喝了杯热水，简单吃了点东西，我们都钻进了帐篷。帐篷搭在斜坡上，头在坡上，脚在坡下。躺下后，一会儿就滑下去，然后如虫子般扭着身体挪上来。再滑下去。没办法，这里连一块平地都没有，我们比较了许久才选定这片"宝地"。

我来到了东绒 3 点，实现了承诺，完成了心愿，我的"冒险"也就此结束。明天我将直接撤回大本营，准备最后的登顶报道。准备和珠峰告别。

西绒点和东绒 3 点有什么？除了石头和冰雪，一无所有。

应该这样问：我们能从空灵和神秘中感悟什么？我们能从执着和坚守中获得什么？

5 月 20 日　珠峰大本营　大雪

　　雪一直下。大雪让珠峰大本营变成了平原。深夜，四顾一片苍茫，世界像刚刚溶化在玻璃杯里的奶粉。那是上个世纪的袋装奶粉，每次喝一勺，妈妈再用小夹子封上口。

　　雪一直下，我曾拿着心爱的小手电筒，在雪地里寻找一条走失的小狗。那手电筒是生日礼物，可以同时发出红色和黄色的光。那小狗是流浪狗，被我们家收留了几天，又流浪去了。时间过去 30 年，那时我六七岁。那时，大多数参与这次珠峰高程测量的队员们，都还不知道自己今生将从事什么职业，更想不到此刻，他们会身处世界最高峰。

　　雪一直下，大本营、二本营和 6500 米营地收到同样洁白的来信。而在 7000 米以上，雪小了很多。准备登顶的测量登山队员已经驻扎在 7790 米高度，他们即将迎来人生中最荣耀的时刻。

天上飘落下多少雪花，地上就有多少颗石头。石头和雪花同样静默，又同样是美丽的语言。

一颗石头是泪水的近义词。泪水凝结着伤心、狂喜、感动、真诚。如果此生遇到的某件事物最终没能让你留下一滴泪水，那说明它尚未抵达内心最深处。而这世界太复杂，复杂到你不能简单地把它凝结为一滴泪水。我忘不了测绘队员的泪水，谢敏思念父亲的泪水，韩超斌心疼兄弟们而流下的泪水。他们也进入了我的泪水之中。昨天我送谢敏去海拔 6000 米的东绒 3 交会点，到了 5800 米营地，他从羽绒服里掏出一罐饮料递给我。我说太凉了，不敢喝。他笑着说，我从昨天夜里就开始给你暖上了，不凉了。和测绘队员兄弟们相处时，在寒冷的空气中，不时有温暖沉入我内心最深处。

两颗石头是爱的近义词。热爱是这世上最神奇的魔法。因为热爱，铸就了英雄的国测一大队。因为热爱，每名队员都拥有精彩而厚重的青春。因为热爱，张兆义、刘宏炜、宁伟等参加过 2005 年珠峰高程复测、年过50 岁的老队员，主动请缨执行这次任务。因为热爱，15年前把重力测量推进到 7790 米的任秀波和柏华岗，还有一批当年的小伙子，如今挑起了珠峰高程测量的大梁。交会组中年龄最大的队员田锋，一年中八成以上的时间在野外度过，说起艰苦，他只是微笑对之。

三颗石头是永恒的近义词。30 年前，我们还在孩提时代，再过 30 年，我们已近古稀。所有的河流都将在大海中重逢，只要有一条河还在流淌，就不曾有河流干涸。我的帐篷里挂着 2005 年珠峰高程复测的老照片，一张是队员施仲强、刘卫辉在珠峰脚下进行重力测量。如今，史志刚和昝瑾辉接替了他们。另一幅是交会组队员张建华、张伟、高北战等人从大本营出发，如今他们变成了李锋、程璐、薛强强、王战胜。飞鸿雪泥，白驹过隙，但我们一生为之付出的，一生坚守的，就是永恒。

雪一直下。等雪停了，雪化了，石头又会露出来，然后是另一场雪。队员们登顶在即，我的任务也接近尾声。我无法预料今后的人生中将发生什么，但和这些可爱的兄弟们共度的几十天，是我的巅峰时刻，和他们一

244

起测量珠峰的高度，是我做过最浪漫的事。

不要再问为什么测量珠峰，从大地测量的角度、生态的角度、科学的角度都意义重大。是的，它和金钱无关，和功名无关，和世俗的一切利益无关，从某种角度看，是无用的。但我倾心于无用的事情，在我看来，越是无用的，就越无价。

雪一直下，在我们的上方，珠穆朗玛峰、卓奥友峰、洛子峰、马卡鲁峰，这几位亲密的朋友正在海拔8000米以上的空间里窃窃私语，她们的语言是风，是云朵，是神秘的宇宙射线。如果想要翻译她们的话，我们或许可以动用泪水、爱和永恒。

5月23日　定日　晴

　　定日的天气越来越好，窗外已丛丛绿意，风和云都懒洋洋的。可我们的心境却无法如此恬适，5月还剩最后一周，在两次冲顶都因天气原因受阻后，留给我们的时间越来越紧迫了。

　　20日中午，我从东绒3交会点经5800米营地返回二本营途中，天空开始飘雪。一路顶着风雪下撤，下午4点到达二本营时，雪下得更大了。傍晚时分，我返回大本营，已是一片雪原。

　　没过多久，徐志军书记和李国鹏大队长从登山队那边开会回来。徐书记带回的消息是：队员已抵达7790米营地，计划22日凌晨冲顶，21日将是个不眠之夜。我顿时既紧张又兴奋，盼望已久的时刻终于要到来了。当时我刚经历7个多小时的山路跋涉，身体极为疲惫，但也顾不上休息了，便和同事兰圣伟、刘潇然一起商议登顶直播的事宜和当天要发出的稿子。

雪一直下，直到21日上午仍没有停的迹象。有朋友发信息问我：孟加拉湾的台风对你们有影响吗？当时我回复：应该不会，请放心。就在我们紧张地准备登顶报道时，传来消息：海拔7790米以上区域雪深过米，为保障队员安全，测量登山队决定撤回6500米前进营地，休整待命。

我有点不相信自己听到的，又确认了一遍，然后脑子空白，就像一个高速运转的发动机戛然而止，坐在床上无所适从。第一个窗口期，5月12日左右，因北坳冰壁有流雪的风险，队员们下撤回大本营休整。第二个窗口期，一个名叫安攀的气旋风暴在印度洋生成，竟然把降雪带上了珠峰，因积雪太深而不得不暂缓攀登。通常，5月可能会出现3个窗口期，如今我们的希望只能寄托在月末的最后几天。

登山需要勇气，同样需要理性和智慧，首先要敬畏大自然，根据天气情况果断决定进退，有时哪怕距离峰顶只有 100 米，需要下撤时也必须下撤，毕竟生命是最宝贵的。登山，谁也无法保证一次性成功，甚至谁也无法保证一定能成功，因为有太多外在因素的影响，但是人在攀登过程中的不屈不挠、越挫越勇，才是登山的魅力所在。我想，我们的测量登山队员们肯定比我更理解这些。在经历两上两下的考验之后，他们的胜利将更加辉煌，更加值得骄傲。就像交响曲最后的乐章，在经过高昂、低沉，高昂、低沉的反复之后，达到的最光辉旋律是那么激情澎湃。

同样经历考验的还有交会点上的队员。那天我从东绒 3 点下来时，谢敏和王战胜坚持要把我送到山崖边，我顺着绳索往下爬，他们一直站在那里注视着我，和我告别。当时看着他们，我鼻子有些发酸。我只住了一夜，可他们不知要住多少夜，而我不能留下陪他们了。在那里饮水困难，食物单调而有限，大风寒冷，夜难眠。记得那天早晨，我口渴难耐，发现昨夜的冰桶里还有几块冰，便抓进锅里，点燃小火炉烧。我在寒风中站了半个小时，终于烧开了半锅水，每个人分不到多少，大家舍不得喝，一小口、一小口地抿。

目前，交会组全部在点上坚守。我估算了一下，如果27日登顶成功，从他们上点到完成测量，至少要住10天。如果他们下撤，等测量登山队下次冲顶时再上去，路上也需要2天时间，路途充满危险，体力消耗过大。我想，他们所有人都在咬牙坚持，都抱定了完成任务再下来的决心。

昨天，2020珠峰高程测量前方临时党支部在大本营开展主题党日活动时，与东绒3点视频连线。谢敏介绍了交会点的情况，表示一定坚守岗位圆满完成任务。杨宏山对他们说："坚守就是奉献，坚守就是担当，你们都是好样的！"

那次党日活动中，大本营还与自然资源部大地测量数据处理中心视频连线，中心的工作人员演唱了《阳光总在风雨后》。是的，阳光总在风雨后，队员们的勇气和付出一定会迎来彩虹。

5月27日　珠峰大本营　晴

雪飘了一夜。珠峰大本营弥漫着一种期盼、紧张又亢奋的气息。我开玩笑说，就像过年一样。凌晨1点，大家往指挥部集结。拉开帐篷，我看见来大本营之后最深的积雪，没过了鞋子。我又开玩笑说，瑞雪兆丰年。

其实心里在嘀咕，这么大雪，队员们能往上登吗？1点半左右，中国登山队队长王勇峰和2020珠峰高程测量登山队队长次落用对讲机通话，次落说8300米此时微风、小雪，冲顶队员计划起床、出发。4点45分，队员们抵达8500米的第一台阶，向第二台阶进发。我们的直播7点开始，8点多，队员们登上第二台阶。按照正常速度，他们此时应该已经攀上第三台阶。可大风将积雪不停地吹向他们身上，阻碍了他们攀登的脚步。预计登顶的时间一直在变，指挥部里，人们的心情也一直在变。快到 10 点时，传来消息，登顶在即。我立刻激动起来，并向观众报告了这个好消息。指挥部里所有人的眼睛都盯着、耳朵都向着王勇峰面前桌子上的对讲机，仿佛那里可以传来新年的钟声。仿佛空气中有一台无形的钟，嘀嗒嘀嗒的声音在每一个人心里响起。等了 10 分钟，又过了 10 分钟，又过了 15 分钟，对讲机只要有一点动静，大家就立刻如打开了电源开关一般，而行动指令就是把感官对准王勇峰和他面前的对讲机。

11 点整，终于传来那个消息。已有几名队员登上峰顶，西藏体育局局长尼玛次仁忍不住大声宣布：登顶成功！杨宏山把香槟瓶口的包装纸拆开。当王勇峰抓在手里的对讲机传来次落的声音，所有人高喊"扎西德勒"。伴随着"砰"的一声响，香槟如礼花洒落在人们身上。

我打开耳机，试图告诉观众"2020 珠峰高程测量登山队登顶成功"。可刚一开口便哽咽了。在随后的直播中，我多次忍不住哭出声来。泪水中有期盼已久时刻终于到来的激动，有和队员们几十天相处的情谊，有他们带给我的感动，还有我对这段日子的感激。

直播仍在继续，接下来是峰顶测量获取数据的关键环节。队员们要在峰顶竖立起测量觇标，开展 GNSS 测量、雪深雷达探测和重力测量。指挥部的主角变成了国测一大队，大队长李国鹏显得紧张又激动，任秀波蹲在地上，不停地用对讲机与次落联系。

"次落队长，请报告 GNSS 接收到的卫星数。"任秀波说。

"大本营，卫星数 56 颗。"次落说。

突然，雪深雷达探测仪因线路接触不良出现问题，指示灯本应亮两个绿灯，却有一个绿灯变成了红色。

"大本营，雷达现在只亮了一个绿灯。"次落焦急的声音传来。

指挥部一下鸦雀无声，大家的心都跟着提起来了。

"请检查一下卫星接收机连接线。"任秀波转述一旁技术专家的话。

大家焦急地等待。过了一会儿，对讲机响了，次落在那头说："好了，好了，两个绿灯都亮了，工作正常。"指挥部一片欢呼。

"重力测量完成。"

"GNSS 测量完成。"

"雷达测量完成。"

随着次落一声声报喜的话语传来，指挥部所有人提着的心都放了下来。此时，队员们在峰顶已经工作了两个半小时，创造了中国人在峰顶停留的时长纪录。当次落报告完成任务准备下撤时，大家眼睛里都放出喜悦的光芒，有的挥舞起拳头。我激动地使劲鼓起了掌，所有人都鼓起了掌。

我们的直播到中午 1 点半结束，持续了 6 个半小时。我从昨天傍晚到此时，一口东西都没吃，一直处于高度紧张的状态。回到帐篷，感觉精力和体力都已透支。可我计划好了要写一篇登顶测量的特写，直到下午 5 点，我才躺在床上睡了一个小时。

起来后恍恍惚惚。我很难形容那时的心情。刚刚经历的就像一场梦。开心？当然会有，但并不像之前想象的那么强烈，甚至有些怅然若失。轻松？完全没有，还有报道任务没有完成。骄傲？有什么可骄傲的？我只是尽自己的本职，去了想去的地方，写了一些自己的感受。

　　人生就像一场攀登，幸运的人拥有更多攀登的机会，或者说幸运的人能在心里看见更多的山峰。我们会遇到坏天气，会遇到陡坡，会下撤，会失败，但攀登本身就是意义。面对星空，我常思考一个"庸俗"的问题：我们存在的意义是什么？有时我会换一个角度想，如果没有我们，阳光的意义是什么？山峰的意义是什么？

　　在出征前，我在报社的动员会上发言时就说，这次报道任务，对我来说无异于一次攀登。如今任务接近尾声，我无法评判自己攀登到什么高度。但我坚信，在攀登过程中的收获，足以让我受益一生。我重拾勇气，我摆脱了懒惰，我改掉了一些坏习惯，我结识了许多好兄弟，我看到了不可思议的星空和美景，这一切都令我更加相信人生中除了庸常，还有飞翔的，在高处的。我们生而有翼，为何要匍匐在地？

　　5月27日，注定要成为我终生难忘的日子。天黑前，我接到任洪渊老师的电话，我最尊敬的老师。他的声音依然那么温和，他说：少勇，我的好朋友，我最亲密的朋友，有件事情要告诉你，我最近一个多月身体状况不太好，去医院检查，发现已是胃癌晚期。你不要忧伤，人生就是这样，我现在心情非常平静。我走在大本营的乱石上号啕大哭。我还盼着回到北京和他相聚，继续我们没有完成的对谈。现在我只希望任老师能少些痛苦，能挺过这一关。

任老师一生高贵，一生飞翔，一生攀登在高处。或者说，他本身就是一座高峰。

我爱那些有坚持、有方向，真诚而高贵的人。

昨夜我还开玩笑说，既然明天是新年，今夜就是除夕。我有很多缺点，我也做过很多错事，这让我深深惭愧。除夕，我希望这次攀登，能除去我往昔的不堪，能让我勇敢而真诚地生活下去。

6月4日　拉萨　晴

　　我是在西藏登山学校见到扎西次仁的。登山队和保障团队都撤下来了，今天是清点物资的日子。攀岩训练场上摆满了各种帐篷和登山装备。扎西次仁正在一个角落里，弯腰检查着什么。

　　这几天网络上流传的、测量登山队员在珠峰峰顶竖立起觇标的照片就是他拍摄的。他不仅是一位高山摄影家，也是人们眼里的登山天才，今年刚刚刷新了国内登顶珠峰次数最多的纪录——15次！

　　2003年，在人类首次登顶珠峰50周年之际，21岁的扎西次仁也第一次问鼎世界之巅。作为日喀则市江孜县一个牧民家庭的孩子，扎西次仁从小在山上放牛、放羊，对大山有着深深的感情，珠穆朗玛更是他在心中时刻仰望的神圣之地。初中毕业后，扎西次仁被选拔进西藏体育运动学校，从此改变了一生的命运。在体育运动学校读书的三年时间里，他表现优异，成绩在班里名列前茅，特别是在登山方面的天赋展露无遗，每次爬山都比其他同学快很多。毕业时，班主任老师将他推荐到西藏登山学校，他离自己的梦想又近了一步。

在西藏登山学校，扎西次仁依然是佼佼者，在校学习期间便参与了多次重要的登山活动，渐渐成长为一名经验丰富的攀登者。

我问扎西次仁，今年是不是他感觉最难的一次？

"今年天气变化无常，又受到气旋风暴'安攀'的影响，导致我们错过了前两个窗口期，确实困难很大。"扎西次仁说，攀登珠峰第一个难点是北坳冰壁。今年测量登山队第一次向峰顶发起突击时，修路队员沿北坳冰壁只攀登了一百多米，就发现积雪过深，有发生流雪雪崩的危险，为了确保安全，队员们全体下撤。

第二个难点是 7028 米北坳营地往上的大风口和7790 米营地。测量登山队员在 7790 米营地扎营时，遇到了强风。他们费了很大力气才搭起了帐篷，虽然用绳子和岩石钉固定了，但在风中依然剧烈摇晃。3 名队员挤在一个帐篷里，用自己的身体压住即将被掀起的帐布，几乎都一夜没睡。

而从 8300 米营地向峰顶进发时，原计划四五个小时的路程，队员们用了 9 个小时。上面积雪依然很厚，刚刚修好的路——安全绳，被埋在了雪下面。队员们要不停地把绳子从雪里拉起来，相当耗费体力。风也很大，风夹裹着雪迎面而来，吹在脸上、眼睛上，生疼。因为是夜间，如果戴上雪镜更看不清道路，队员们顶着风雪，忍着疼痛，一步一步踩实了往上走，每一步都很艰难。

"今年攀登珠峰，对我来说意义特别重大。因为珠峰高程测量是重要的国家任务，我能参与其中感到十分光荣。从一开始我就告诉自己，要用自己所有的努力和力量去完成好这项任务。"扎西次仁的这番话，应该说出了所有登山队员的心声。

2008 年北京奥运会珠峰点火仪式上，扎西次仁创造了中国新闻摄影史上的一个首次。在此之前，中国的媒体从未在海拔 8000 米以上的高度，实时传回新闻照片。

扎西次仁用手机传回点燃火炬的照片迅速由新华社发布，被全世界各大媒体转发。从那以后，扎西次仁开始了自己的高山摄影生涯。他说，只有用心去拍摄，才能拍出好作品，不能光是为了工作而工作，要真心去喜欢它。他还说，高山摄影需要非常好的体能，因为你不能只在一个角度拍摄。队伍行进时，你一会儿要在最前面拍，一会儿又要在后面记录。有时，你还要爬到别人不必爬到的地方，只是为了一个更好的角度。看得出来，他对摄影和登山同样热爱。

在登山学校，我还见到了测量登山队中的另外两位英雄，普布顿珠和次仁罗布。测量登山队在峰顶停留150分钟，创下了中国人停留时间最长纪录。而普布顿珠在大部分时间里，为了方便操作测量仪器，都没有戴氧气面罩。6月1日下午在拉萨召开的媒体见面会，特邀了普布顿珠参加，当记者们听到他的壮举时，都发出了惊叹声，镜头全部对准了他。而测量登山队队长次落在说起他无氧操作仪器的故事时，几度哽咽。

次仁罗布是测量登山队中年龄最小的，今年是他第一次登顶。大多数人并不知道，人类首次在珠峰峰顶测量重力值的重力仪，就是他一步一步背上去的。

说重力仪是这次测量中最难携带的仪器一点儿也不过分。它很沉，重达 15 公斤。由于测量原理的因素，它又很"娇贵"，在搬运过程中要尽量不倾斜，更不能倒。因此在攀登过程中，要时刻注意身体姿势，每一次弯腰、每一次迈步，都比别人耗费更多的体力。次仁罗布说，它比婴儿还难照顾，孩子还有睡觉的时候，可它，得随时照看着。在 7790 米营地的帐篷里，为了防止重力仪在大风中倒地，次仁罗布硬是把它抱在怀中，抱了一夜。说起这些时，他腼腆地笑了笑，仿佛在说一件无比寻常的事情。

离开登山学校时，扎西次仁送我一本他的摄影作品集《喜马拉雅之子》。影集印刷精美，里面有登山队员的照片，还有自然风光的照片。最近几年，扎西次仁越来越注重记录珠峰与绒布冰川自然环境的变化。

"登了这么多次珠峰，得到她这么多恩赐，我无以为报，希望通过这种方式，唤起大家的环保意识，希望更多的人保护珠峰的生态。"他、普布顿珠和次仁罗布，有一个共同点，眼睛如高原湖泊，说话时全身都散发着真诚。

　　他们都是喜马拉雅之子。

6月18日　北京　晴

回到北京家中，我昏睡了四五天。头脑完全无法思考，反应迟钝，不时地发呆，眼皮发沉，睡下就很难醒来。

除了醉氧，还有一种不真实感。北京的家不真实，窗外热闹的街道不真实，西藏和珠穆朗玛同样不真实。

直到有一天早晨，我睁开眼睛，看着小屋熟悉的天花板、我的书柜和书柜上方的空调，而不是帐篷、不是宾馆的房顶，我才真切地明白自己身处何处——我去过珠穆朗玛，现在回家来了。

我会很快适应这"新"的生活，因我一直都是如此生活着。我很快就会重新抱怨堵车，抱怨雾霾，等疫情结束，我还会像往常那样带孩子上兴趣班，背上包出差，赴某个无聊的饭局。这很正常，也很正确，因大家都是如此生活着。

可珠穆朗玛呢？她赠予我的，我要安放在哪里？

离开大本营后，我最牵挂的是交会组的兄弟们。那时，交会测量工作还没完成，他们已经在交会点坚守了11天。我在交会点住过，因此更能体会这11天是多么艰难。我不停地想起离开东绒3点时，谢敏和王战胜送我的情景，虽然我的工作不在那里，但总是有种当逃兵的感觉。我还常常想起，本来答应了韩超斌和刘泽旭，再去二本营看他们一次，但由于最后几天直播任务太重未能成行，食言了。

我回到拉萨那天，交会组的兄弟们回到定日，他们几乎没有休整就赶到了珠峰东坡，用了一周时间在那里做三角高程测量、GNSS和重力观测，获取的数据将用于整个珠峰区域的大地水准面精化，提升珠峰高程的精度。

我想念他们，更敬佩他们，我想见他们一面，给他们每个人一个拥抱，敬一杯酒。在拉萨和陕西测绘地理信息局宣传保障组的兄弟们聚餐时，当我有了几分酒意，不知怎么"突发灵感"，拿起旁边服务员的对讲机就喊：超斌，超斌，交会组的情况怎么样？东2、东3能不能看到峰顶的觇标？请汇报。

在北京家中昏睡时，有一次梦见了谢敏，梦里他头发长得很长，竟然还烫了卷发。还有一次给李锋发信息，问他回西安了吗？他回复：正在山上大石头下面躲雨呢。李锋并没有去珠峰东坡，而是直接被抽调到西藏的国土三调项目去了。

今天中午，我和韩超斌联系时，他们正在拉萨机场安检，终于可以回家了，听到这个消息，我非常高兴。

最近，北京的新冠肺炎疫情出现了反弹，防控机制由三级调至二级，严控人员出京。原本月底去西安采访的计划估计难以实现了。但等疫情过去，我一定会去西安看望他们，就像之前关于东绒3点的约定一样。

回家后，我称了体重，比离家时轻了16斤，这被我视为珠穆朗玛的礼物。为了守住这来之不易的成果，防止体重快速反弹，我开始每天晚上跑步锻炼，并控制饮食。我发现人其实并不需要那么多食物，生活中其他事情也是如此，我们并没有想象的需要那么多。谢谢你，珠穆朗玛。

我还带了些小石头回来，将它们视为珍宝。但我还没有把它们一个个拿出来，好好和它们说话。刚刚过去的这段日子就像这些石头一样，珍藏在我这里，但还没到清点的时候。我知道，有一天我会开始一遍一遍地回味它们，并从中获取幸福，获取力量。谢谢你，珠穆朗玛。

我对文字也有了新的看法。词语最好的状态即最初的状态，像星空和雪山。面对星空和雪山时，我发觉每一个词都是辽阔的、厚重的、神秘的，都指向存在本身。还要再写轻飘飘的东西吗？还要再写所谓的正确理念吗？谢谢你，珠穆朗玛。

离开大本营的那天下午，我又到登山遇难者墓地旁的山坡上，在我用石头摆成的"妈妈"两个字前跪下。绒布河的冰雪融化了，河水在下面奔流，那声音充满生命的力量。我说妈妈，我就要走了，就要离开这里了。珠峰顶的云层渐渐消散，我知道妈妈看到了这一切。我会好好活下去，我会努力变得更好。谢谢你，珠穆朗玛。

离开大本营的夜晚，天空晴朗，珠穆朗玛的头顶再一次戴上星星的皇冠或花环。上车前，我深情地注视眼前的一切，努力想要印刻在心中。声声离笛催。

有人说："每个人只能陪你走一段路。"你也是这样吧？珠穆朗玛。

有人说："你应当听到自己内心的声音，并遵从那声音。"对我来说，那声音一直来自你洁白的方向，过去是，现在是，将来也是，珠穆朗玛。

代跋一　释迦牟尼的鹰与鸽

任洪渊

罪孽,在此岸

解放在红尘中

王子抛弃未加冕的

王冠,重生在菩提树下

救赎自己,涅槃

佛,一边是鹰,一边是鸽

一刀一刀割下自身的血肉

喂鹰,为了拯救

一只鹰爪下的幼鸽

一刀,一刀的佛体

喜马拉雅雪峰间,珠穆朗玛

峰,崛起,破天的海拔

峰顶与佛顶,同高

红尘中人的高度?

一边是鹰,一边是鸽

佛掌上的罪与赎,无涯

代跋二　高度

王少勇

高度

我再一次问自己

当回到都市,是否会怀疑

此刻坚信的一切

楼房不过是山峰的另一种形态

烟囱冒出的白烟

不过是另一种旗云

如果有彩虹,不过是

经幡挂在了天空

当我面对夕阳出神

眼前的景色,会不会是母亲

从另一个时空维度

寄来的明信片

当我听到刺破夜幕的汽笛声

是否会想起这星球慈悲的高度

恰好让斑头雁能够飞越

在山的南方和北方,生息

2020.5.28

攀登者

有时他需要

山脉隆起

拔出海平面的力量

追随着鹰的羽迹

在陡崖吃力地呼吸

似乎一对腮尚未完成进化

有时他需要

冰雪融化

河流冲开山谷的力量

向着前方,一次,又一次

无论通往天国的阶梯

是否由乱石铺成

越临近巅峰,他越感到

支撑自己的

是嫩芽破壳,枝叶生长

是炸开花朵的力量

每一步都踏在热爱上

每一步都是表白,都是还乡

直到真理悄然现身

2020.5.26

殉难者

你成为了自然的一部分
不再呼吸
风和岩石,地球滚烫的心替你呼吸
你渴望的高度
本就远离人间烟火

你成为了山的一部分
成为一块彩色的冰
最高的路标,在天空指引
那些梦想亲近苍穹的人

你未穷尽道路
却让道路,丢失了它的尽头
你未站上顶峰
却让顶峰,看上去高了许多

2020.4.23

测量者

为大地上每一点确实位置
确定若河水流过
会流往哪个方向
确定这里的一朵小花
比别处的,重还是轻

沿着一条线
一个点一个点测下去
线上有陡坡有深谷,那条线
和掌心上的某条相似
关于自己,很多都无法确定
故乡会移动
年华会移动

一个扛起仪器,对另一个说
到前面那个点位
我们的青春就测完了

2020.5.4

冰塔林

填满山谷的蓝色冰塔
并非风与阳光雕刻
它们在大地中孕育
生长出来
长到蓝色就停止

天空和海洋亲吻时的
蓝色,一朵蓝花
在夜晚开放时,声音里的
蓝色,山雀第一次振翅时
空气中微漾的
蓝色

几万年才长成的
蓝色,光芒连着光芒
就像枝叶交织在一起
就像一群穿蓝色校服的少年

在操场上排练

他是白球鞋
她是双马尾

2020.5.19

北　斗

故乡小城
停电的夏夜
一家人在门外乘凉
父亲扛我在肩头,指着夜空
看,那就是北斗七星

此刻我在绒布冰川上
望着那七颗星星
脚下的海拔,仿佛依然
是父亲身体的高度
而母亲,去了我凝望的地方

星空让我感动

北斗,我们也曾从浩瀚中

舀取一勺光芒

如今它们星星点点

又神秘地相连

2020.5.10

在东绒

我不敢有任何不敬

深夜钻出帐篷,为了

缓解膀胱的压力

找到一个避风的角落

恭敬地解开腰带

拉开拉链,恭敬地

对准一块石头

那液体流淌开,一部分

渗入地面,另一部分

将结为冰,然后

在明天的阳光中消失

我的背后,珠穆朗玛近在咫尺

冰塔林如静止的狂浪

如龙骨,如利剑

四周山崖俯视,威严如金刚

此刻,峡谷中

只有液体碰击岩石的声音

那声音令我震颤

注视着我的,不只是

世间的神灵,在我的头顶

我是说——

我的每一个举动,都逃不过

满天的闪光灯

2020.5.20 凌晨

石 头

这里没有词语
只有和词语一样繁杂的
石头
随便摆出几颗
风听得见
雪读得懂

这里没有意义
只有和意义一样丰富的
石头
随便捡一颗带走
他们就被赋予
一次永别

2020.5.1

图书在版编目（ＣＩＰ）数据

珠穆朗玛日记 / 王少勇著. -- 武汉：长江文艺出
版社，2020.12
　ISBN 978-7-5702-1752-6

　Ⅰ. ①珠… Ⅱ. ①王… Ⅲ. ①日记－作品集－中国－
当代 Ⅳ. ①I267.5

中国版本图书馆 CIP 数据核字(2020)第 169330 号

责任编辑：梅若冰　胡金媛　　　　　责任校对：毛　娟
封面设计：璞茜设计　　　　　　　　责任印制：邱　莉　杨　帆

出版：长江出版传媒　长江文艺出版社
地址：武汉市雄楚大街 268 号　　　邮编：430070
发行：长江文艺出版社
http://www.cjlap.com
印刷：湖北新华印务有限公司

开本：787 毫米×1092 毫米　　　1/32　印张：9.125　插页：7 页
版次：2020 年 12 月第 1 版　　　2020 年 12 月第 1 次印刷
字数：120 千字

定价：45.00 元

版权所有，盗版必究（举报电话：027—87679308　　87679310）
（图书出现印装问题，本社负责调换）

周磊 摄

扎西次仁 摄